复写

REWRITE
BY
HARUKA
HOJO

[日] 法条遥 著
林南一 译

文化发展出版社
Cultural Development Press

◇千本樱文库◇

◇前言 PREFACE

文库，原本是指收纳书物的仓库和书库，也指收纳书与记事簿，以及不常用物品的小箱子。以前者为例，京浜急行线的“金泽文库站”就是以前镰仓时代北条氏用来收藏汉书用的，“金泽文库”名字的由来便是如此。东京都的世田谷区也存在着收集珍贵汉书的“静嘉堂文库”。后者则更多地被称为“手文库”。

江户时代以来，可以放入袖袂的小开本书籍逐渐流行起来，被称为“袖珍本”。明治36年（1903年），富山房发行了小开本的丛书，起名“袖珍名著文库”。随后，明治44年（1911年），讲述战国时代的猿飞佐助和雾隐才藏系列故事的讲谈社“立川文库”发行出版。讲谈是日本民间艺术，以口语化的方式讲述历史故事的形式。而“立川文库”则是将讲谈收录成册集中出版的丛书，据统计，当时刊行量为200册左右。从那时起，文库就脱离了原本的释意，逐渐演变成了现在的类书集丛。

文库说法借鉴了日本出版业界的传统说法。而千本樱源自日本奈良县吉野山樱花盛开的奇景，世人皆称“一目千本樱”来形容樱花美景。千本樱文库的纳入作品皆为日系作品，题材包括推理、悬疑、幻想、青春、文化等类型，正如千本樱满山盛开的绝景。

现代日本，以“文库”命名刊行的丛书系列有200种以上，所谓“文库本”只不过是统称而已。日本传统的“文库本”常用的是A6尺寸的148mm×105mm，也叫“A6判”。千本樱文库的所有书籍将在“文库本”

的基础上提升，达到 148mm × 210mm 的开本标准。追求还原的前提下，力图带给读者更清晰的阅读体验。

明治维新以来，日本文坛迎来了爆发期，涌现出了众多文豪级的作家。受到许许多多名作的影响，日本的出版社也从中受益，得到了突破性的发展，各家出版社为了传承文化，加强创新，纷纷设立了“文学新人奖”，用以发掘年轻作家。其中，以恐怖氛围浓厚的“金田一”系列为契机，迅速开展业务的角川书店在21世纪90年代初期设立了“日本惊悚小说大奖”，发掘出了小林泰三，贵志佑介，道尾秀介等名家。

“第 17 届日本惊悚小说大奖”的得主法条遥，不愿意去企业就职，志在写出有趣的小说，并且以此为生。但是，他在六年间写作了 20 多部小说，投稿各个文学新人奖，却全都石沉大海。然而，在 28 岁的时候，新作《二重身》斩获了“日本惊悚小说大奖”，从而正式出道成为作家。由于深受前辈森博嗣和三津田信三的影响。法条遥的作品兼具惊悚与科幻要素，其代表作“RE 系列”被认为是 “时间悖论”类型作品的杰作，受到广大读者喜爱。本书《复写》是“RE 系列”的第一部，也是一切的开端。本作除了时间系科幻的主线，还运用了本格推理的技巧。丰富的元素与惊人的剧情展开赋予了本作绝佳的意外性。

千本樱文库编辑部

◇作家 WRITER

鲇川哲也奖作家系列

◇ 相泽沙呼
◇ 城平京
◇ 芦边拓
◇ 柄刀一

梅菲斯特奖作家系列

◇ 天祢凉
◇ 西尾维新
◇ 井上真伪
◇ 殊能将之
◇ 木元哉多
◇ 北山猛邦

其他作家系列

◇ 深木章子
◇ 三津田信三
◇ 乙一
◇ 仓知淳
◇ 横关大
◇ 野崎惑

复

写

目录

CONTENTS

序 Preface

序

2002年复写后——

我拿出了精心保管十年的手机。为了防止手机损坏，十年前，初中二年级的我，在那个十四岁的夏天，把这部手机收到了桐木箱子里，便再也没有碰过。现在，我把它放在了阳台的坐垫上。

为了今天，我自掏腰包请父母和上大学的妹妹去温泉旅行，把他们支了出去。万一被他们看到十年前的“我”就糟糕了。不过，十年前我谁都没见到，待会要来的“我”应该也不会看到什么。当然，做好万全的准备终归没有错。

其实，十年前的我也不清楚那个时刻是几点，只是在心里默念“十年后”。十年后的当今，2002年7月21日。因为只记得那时是白天，过了清晨，我就准备好了手机。到傍晚还有大概十个小时，十年前的我将会来到阳台取走这部手机。

我不能见她，甚至不能看上一眼她的影子。不可以跟她搭话，也不可以写字条交流。这是他告诉我的。要是与她相遇，未来与过去的因果就会由于可能发生的事情而崩塌，时空将被强制切断，无法复原，进而发生本不该发生的事情。所以绝对不能与她见面，他——园田保彦这样说过。

园田保彦，1992年7月1日转学到我所在的N中学。他又高又瘦，面容清秀，声音细小，缺少生活常识。他不像是纯正的日本人，瞳孔透出一丝绿色，他是我的初恋，尽管这段感情只维持了二十天。他不知道怎么使用我们所用的电话。因为在他生活的时代，比手机更为先进的通信设备已被大众广泛使用。对于来到这里的他来说如同古代遗物，不知道怎么使用这种“原始”器具，也是很正常的。他还不会拧水龙头，也不会握自动铅笔。

我现在住在老家。搬出去独居之后，我的房间被改成了客厅，只摆着一张桌子。反正待着也是待着，我便拿出电脑打算工作，但思绪将我带回到了十年前，根本无法专心工作。

她会几点来呢？

她长什么样子呢？

我早已经忘记自己十年前的长相。那正是身体发育的时候，与我现在的体型相差很大。那个十年前的我，是“变化前”的我。

好想看她一眼，哪怕从镜子里窥探一次她的样子。虽然这样幻想着，但还是不行。保彦他说绝对不可以这样做，这是绝对行不通的。

但是，我——

即将到来的“我”——

面对这个世界，她一定会瞠目结舌吧。家里的装潢，竟然全然没有改变。电冰箱、桌子、餐具柜都是老样子。唯一改变的，只是电视机变薄了。尽管如此，她仍会来到阳台，拿起面前那个坐垫上的手机。那是 1992 年不可能出现的物品，但在如今的 2002 年，不仅是中学生，就连小学生都差不多人手一部。她会拿着手机回到 1992 年，走到中学校园里坍塌的校舍前。

然后她会拨出电话，从坍塌的木造校舍里会有来电铃声响起。救助队会找到铃声发出的地方，将他救起。

这是十年前的梗概，也是剧本。

也是我实际见过和经历的故事。接下来她要经历了。在这之后等待她的，将是无奈的别离，与初恋的分别。

“青春啊。”

我小声地嘟囔着，抬头望了一眼窗外，太阳正逐渐西沉。钟表已经是下午七点。

差不多结束了吧，我心中盘算着。她已经取走手机了吧。十年前，我可不是傍晚来的。

我合上笔记本电脑，站起身，打算去阳台把坐垫拿回屋里。

此刻，我站在客厅里，望着阳台，愕然不已。

怎么还在那里。

手机还在那里。

“不会吧！”

不会的，这不可能的。

我跑上前去拿起手机。没错，运营商是DOCOMO，不是折叠手机。这是生活在现在的我，为十年前的我准备的那部手机。

是我记错了日期？不可能。就是7月21日。如果没确定下来日期，我也没办法准备手机，总不可能天天都把手机放在这里。

必须是今天。如果不是今天白天，十年前的我就拿不到手机。拿不到手机，保彦将无法获救。

也就是说“‘过去’改变了？”

难以置信。

我——石田美雪，坐在老家的客厅里，颤抖地自言自语道。

1992年复写前——

“园田……同学？”

7月3日，我目瞪口呆地小声道。

旧校舍里十分闷热，屋外传来阵阵蝉声。此时正值清早，能听到远处足球社团的同学训练的声音。除了我和他，这里空无一人。

原本这里只有我一个人。早上，我正在做值日，老师让我到旧校舍来拿教具。旧校舍昏昏暗暗，有点可怕，但没办法，我只好不情愿地来了。

正当我因找不到教具而头疼的时候，他突然出现了。但并不是打开门走进来的。我正在曾经的三年级教室里寻找教具，这间教室位于旧校舍的二楼。园田就这样没有任何预兆地，瞬间出现在我面前。

园田保彦，他是转校生。1992 年 7 月 1 日，突然转来我们学校。我居住的冈部町，位于静冈县中部，属于偏远的乡下。我们这种小地方，如果有学生要转学来，通常都会引起讨论，但最近却什么风声也没有。而且，转校就意味着一家人都要搬到这里，但是没有哪家人搬到了这个小镇上。

他只有一个人，校服似乎是他唯一的所有物，书包、文具和课本什么的都不带，只有他这个人，突然地出现在了夏天的 N 中学。

“……真是的。”他一边嘟囔，一边抱起胳膊。

忽而，不知哪里飘来一阵芳香，是甜甜的花香。仔细闻闻，这种香气像要将记忆带去远处，既轻柔又梦幻。

“你是美雪，对吧。”他压低了声音说道，“如果我说，你其实什么都没看见……大概……不行吧。”

“园田同学……”我发出胆怯的声音，“那个，你是从哪里来的？”

“从昨天。”

“哈？”

“我没有家，要找房子也怪麻烦的，所以 7 月 2 日放学以后我直接过来了。”

“到这里吗？”

“就是到今天早上啦。”

“诶……”

莫名其妙。

“真拿你没办法，美雪。”

他说着，慢慢地靠近我。

“我只告诉你一个人。只告诉你。所以……美雪，你绝对不能跟别人说哦。”

他身材瘦高，表情温柔，比班上的哪个男生都要帅。所以，他转学来的第一天，我甚至还有一点点心动。但是现在，我觉得他有些可怕。

“我以为早上没有人会来旧校舍，所以大意了。但事已至此，就告诉你吧，美雪……”

他好像会随便喊别人的名字。

“别……别叫名字。”我畏怯地说。

而他只是歪了歪头。

“嗯？名字？你就是美雪啊？我搞错了吗？”

“我不是这个意思。园田同学，你转过来还没几天，一般来说……应该称呼别人的姓氏吧？”

这次换他迷惑了。看起来是真的无法理解。他再次抱起手臂，默默思考。

“嗯，懂了，这个时代是这样的啊？对不起啊，在我的那个时代，都会直接喊对方名字。很多人会忘记姓氏，因为平时都不用。”

“哈？”

“我之前只用‘保彦’这两个字，不过这也是假名字啦。但是，老师问我姓什么，我实在想不出来，结果我看老师的桌上有本书，就借用了那本书的作者的姓氏。”

“你在说什么……”

“我说……”

他靠近我的身边，将脸凑了过来，饶有兴致地低声细语。

“我在重新自我介绍啊，我叫园田保彦。我的真名，也就是二十四世纪用的名字，对这个时代的人来说，发音比较难，就不说了。我……”

什么，他说自己……二十四世纪？

“……是从公元 2311 年来的。用你们的话说，叫穿越吧？”

从此刻起，这个夏天，属于我与他的故事开始了。

1 2002年①

REWRITE BY HARUKA HOJO

“哎呀，再待一天，一天就行。我来出钱，好吗？”

“但是，计划是……”

“您都这么长时间没休息过了，偶尔放松一下不是挺好的吗？”

我拼命请求母亲。无论如何我都再需要一天，只要一天就够了。因为十年前的“我”没有如期而来。

父母和妹妹本该明天从温泉旅馆回来，好不容易让他们同意再多玩一天。第二天是2002年7月22日，与昨天一样，我将手机放在阳台的坐垫上，等她取走。但是到了7月22日傍晚，手机还在那里，一动未动。事态发展至此，我不由得意识到了事情的严重性与不同寻常。

太奇怪了。不对劲。不可置信。

十年前的我本该来的，然后利用仅有的五秒钟拿走手机，回到1992年的夏天，用它救出保彦。

那是我经历过的夏天。十年后的昨天，十年前的我应该来的。

但她没有来。

我平躺在客厅的榻榻米上，盯着天花板思考，这里以前是我的房间。

“为什么？这……不可能啊。”

正常来说，十年前的我穿越到十年后，这才是天方夜谭。但那是事实，十年前的夏天，我亲身经历过的。因此……

故事，本该就此开始的。

公元 1992 年 7 月 3 日清晨。今天是我值日，所以我早早来到学校，走进老师办公室，从班主任细田老师那里拿起日志本。老师拜托我顺便去旧校舍取第一节社会课要用的地图。我不情愿地走向了那个传闻有幽灵出没的昏暗旧校舍。于是，我在那里遇到了他，以及那阵薰衣草的香气。

一段时间之后，我才知道那是薰衣草的味道。去年电视上播出了中国台湾地区的电视剧《薰衣草》，那时我才知道日语读作“kunoesou”的植物就是汉语里的薰衣草。同时我也明白了，他那时想说的是薰衣草（lavender）。在那之前，我一直以为是来自未来的某种香水。

“这个香味叫作 lave…啊，不对。这个时代还在使用汉字吧，我想想，香，啊不对，薰衣草？这是薰衣草的香味。”

他看着手里那台奇怪的机器，也就是我们所说的移动终端一样的东西，费力地解释道。

但我想解释一下，薰衣草的日文名称，或者说它在日语中的汉字并不是“薰衣草”，更准确点说，薰衣草不存在日文名称，更不用日语汉字表示。薰衣草原产于地中海，大概在江户时代，由荷兰人或葡萄牙人传入日本。江户时代也许有日文名称，但我没有去查证。也就是说，他用的终端，可能在字典功能上有点差错。不过，都过了三百年，出错也很正常。

但我想继续解释一下，在 1992 年的日本，就算是再偏远的乡下，也没人不知道薰衣草吧。“薰衣”原本指的是平安时代用于防虫的一种熏香，如果说不知道什么是薰衣，倒是还有可能。

那么，保彦为什么要强行用“kunoesou”来表述薰衣草呢？我想是因为他来自二十四世纪，对三百年前的时代缺乏了解。

打个比方，如果我现在穿越到三百年前的江户时代，也无法与那时的人交流。那个时代，既不存在“果汁”，也不能指着茶杯说“把杯子递给我”，更不能把小型的菜刀称为“小刀”。只有使用像“匕首”这种专业词汇，人们才能沟通。他或许也是考虑到这一点，才改用日文名称表述的吧 *。

是的，园田保彦正是来自三百年后的公元 2300 年。从那个时代穿越回的 1992 年，换句话说，他是来自未来的人。

简直是天方夜谭，只有漫画和幻想作品里才有可能发生。但它确确实实发生了。他给我展示了很多未来的产物，是如今的技术无法达到的。比如投影机的投影功能，安装在人体内的保护屏障功能（在未来相当普遍，因而不会发生杀人案件），不用动手就可以移动物体的装置等。更令人讶异的是，这些技术和装置都可以存放在他的移动终端，那样一个小机器当中。

而且，最不可思议的是他知道未来发生的事。当我逼问他“你怎么证明自己来自未来”的时候，他含住一片紫色的药片，瞬间消失，空气中飘着薰衣草的气味。正当我震惊不已时，他回来了，手里拿着“明天”的报纸。

他说是去“明天”拿的。然后把报纸给我说：“明天早上，你确认一下。肯定是一样的。等你相信之后，我们在这里再见吧。”

第二天早上，我惊呆了。他给我的报纸与当天的报纸一模一样。我赶紧跑到学校的旧校舍，进了昨天那间教室。从昨天穿越来的保彦正笑眯眯地站在教室里。

“如果你还在怀疑，那我把一个星期后的报纸拿来吧？”

我不得不信。因为他又瞬间消失，拿来了下个星期的报纸。同样，一个星期后，那份报纸与当天发行的是一样的。就算他能用什么诡计，准备好第二天的报纸，但一周以后的报纸总没有办法吧，可能那会儿还没编

---

* 果汁、小刀，这两个词都是外来语。

辑呢。

他真的是未来人。

能够穿越时空。

据他所说，三百年后，穿越仍然是不现实的事情。穿越的技术在未来也还没有发展成熟，只有园田保彦他一个人能够做到，这个天才创造出了奇迹。

“我是个科学家。呃，觉得我年轻是吗？哈哈，在我那个时代，十四岁就成年了，已经可以读……嗯，你们是叫……大学的那种学校了。”

“吃下这个药片就可以穿越。咽的时候，脑海中想象着你要去的那个时代就可以了。未来也好，过去也好，几十年，几百年，几千年都可以的。”

“不行，除我之外，谁都不能服用。因为这是按照我的身体调整的剂量。准确地说，其他人服用的话，也只能穿越五秒。无论是到过去还是未来，都只能在那个时间存在五秒。”

我当年天真地相信了他，现在想想，这话可能真假参半。毕竟是三百年后的事情，我又没办法求证。但当时的我还是相信了他的话，以及他这个人。

由于这个秘密，我们变得熟络起来。为了帮助他达成来到这个时代的目的，我不停地奔走。

几经曲折，时间来到了 7 月 21 日。这一天要举行结业式，第二天起开始进入暑假，就在这一天，事情发生了。

旧校舍是“二战”前的木造建筑。尽管已多年不用，但拆除也要花很大一笔费用，因而一直搁置。有不少地方已经腐烂，木柱也几乎无法支撑，未经老师允许，学生是不许随意进入的。7 月 21 日，它倒塌了。

倒塌原因至今未明，不知是由于地震，还是自然倒塌。但是，倒塌的那一刻，我和保彦就在旧校舍里。为了不引人注意，我们经常在旧校舍秘密见面。

我先是听到了什么东西错位的声音，紧接着，我听到有人说话，在那一瞬间，房子塌了下来。柱子顷刻倒下，黑板断裂，腐烂的木材掉落在我身边。

记忆有些模糊。那时，我们在第一次见面的教室里，以前都是在三年级用的那间教室。房子刚开始坍塌，我就被撞飞了。

是他救了我。我被他推开，冲破了教室的玻璃，从二楼飞了出来。所幸，楼下是一片沙坑，我没有受伤。但保彦却被埋在了崩坍的瓦砾中。

老师和学生们立刻聚拢过来，得知保彦还在里面，他们急忙报了警，叫救护车。急救队员们搬开瓦砾，一边喊着“园田同学”，一边挪走那些木头。我只能远远地看着这一切。

我的心情很复杂。想着他应该启动了保护屏障功能。因为有一次，一个棒球社的同学打出的球朝着他的脸飞来，他启动了屏障，那只球没有击中他的脸，而是像打在了无形的墙上一般弹开了。这次也会像那时一样，屏障会保护他不受到任何危险。但是，保彦也这样说过：

“不过呢，这个尺寸的屏障功能还是有限的。如果承受不住所受的冲击，屏障会瓦解失效的。”

他是否平安呢？我猛然想到，如果他还有意识，只要吃下药片，穿越时空就可以了。虽然我不是很懂，但在理论上，穿越时间和穿越空间好像是相同的，咽下药片就能瞬间移动，这样就可以从瓦砾中脱身了。但我不知他有没有这样做。

我不自觉地握紧了拳头，这时我才发现，自己正攥着那颗紫色的药片。

旧校舍坍塌前，他把药片放在了我的手中。然后，他用那只手推开了我。所以药片被我……

我灵光一现。或许我可以用这颗药救他。

我先是离开了原地。全校师生都在旧校舍前面聚集着，不方便在他们面前吃下药片。

我一边向旧校舍后面走，一边思考，怎么才能使用这颗药救出保彦呢？这时，我想起了跟他的对话。

“十年后的你会变成什么样子？嗯，我可以知道啊。只要我穿越到十年后找到你说‘哎呀，好久不见，话说你最近在忙什么？’，问一下就好了。但是，美雪，这就像是偷出考卷的答案一样，近乎犯罪。因为每个人的未来都是一张白纸啊。我？我当然没这么做过。”

“嗯，但我有时会这么想。二十四世纪还是有很多问题的，我也有烦恼。这个时候吃一片药，去到未来，见到十年后的我，问问他：‘喂，十年后的我，十年前的那件事，是怎么解决的？’他应该会回答我的。但是我不能这么做，这是绝对禁止的，绝对，除非出现异常紧急的状况。”

现在正是紧急状况，我要问十年后的自己……

我没有犹豫，将紫色药片含在口中。药片没有味道，我拼命地想着去十年后，咽下药片。瞬间我受到一阵冲击，天旋地转。等回过神来，发现自己站在一个陌生的院子里。面前有一个坐垫，上面摆着一个小型机器。

我只有五秒的时间。直觉告诉我，十年后的我，一定知道我会来这里，也知道我面前有这样一件东西。

像是被什么指引一般，我拿起了那个机器，与此同时，时间到了。我回到了旧校舍的后面，拿着那个机器。

这绝对是救出保彦的关键线索。尽管不知道它的使用方法，我还是把表面的按钮胡乱按了一通。这时，也许是偶然……

有声音从瓦砾中传来。

事情过去之后，他向我解释道。

“这叫手机。好像在这个国家，过几年就会普遍使用了。对，这是可以随身携带的电话。”

“这个？没错，我用的移动终端，也是以这个时代的技术为基础研发出来的，通过电磁波收发信号。你无意中按下的号码，接通了我的终端。这也许就是奇迹吧。”

瓦砾中传出的是手机的来电铃声。急救队员们先是十分疑惑，在寻找声源的过程中，发现了保彦。他受了伤，正在出血。

“对……冲击太强，保护屏障失效了，然后我昏了过去。美雪，真的……”

他亲吻了我，在感谢我的同时，又像是在说着再见。

然后，他没有告诉我回去的理由，就这样回了未来。

十年时光已逝。二十四岁的我，回忆着与他的分别，想起了那个约定。

“美雪，你要好好保管这部手机，这是能救出我的关键物品。未来十年后的你，一定要把它交给十年前的自己。否则，一切都会错乱的。听着，把手机保存好，十年后的7月21日，依照自己穿越回去见到的景象，把它摆在你看到的那个地方。”

我按他说的做了，以此向过去的自己传达了无声的信息。

但是，她却没有出现。

“美雪？”

我猛地回过神。正在通话中的我，好像走神了。

“喂，你怎么了？”

“那……那个……老公……”

我胆怯地问章介。

“什么事？”

有什么改变了吗？

过去改变了吗？

我和你……真的结婚了吗？

你……真的是我的丈夫吗？

我想却问不出口。

“没事，晚安。”

“啊，晚安，但我这边是大白天呢。”

说罢，正在国外工作的丈夫挂断了电话。

我走到厨房，拿出了丈夫的威士忌。我平时不喝酒，但目前的状况令我不得不喝，否则我觉得自己会疯掉。

十年前的我，为什么没有来？

如果我没有来的话……我就不会是现在的我了。

我仰起头，一口咽下琥珀色的液体，被浓烈的酒精味道呛到了。喉咙和胃像火烧一般。明明在大学的迎新联欢会上，就知道自己喝不了酒的。

我的人生，因为那个夏天才得以继续。如果那年夏天没有遇到保彦，就没有现在的我，至少做的不会是现在的职业。

我出生在静冈县中部的冈部町，那是位于藤枝市和烧津市之间的小镇。从镇上唯一的中学毕业以后，我来到静冈县政府所在的静冈市，入读一所大学升学率很高的高中。想读文学的我，顺利考入了静冈大学的文学系。虽然也可以从家里往返大学，但毕竟都是大学生了，便在静冈市租了房子独居。我直到现在也依然住在静冈市。

进入大学校园以后，没有遇过什么麻烦，也交往过几个男生。大四那年春天，由于经济环境不好，工作找得不是很顺利，就这样拖到了暑假。那时还没有拿到内定，几乎就是没指望了。继续读研究生，还是做自由职业，我在那个夏天始终犹豫不决。

“……遇到保彦的时候也是夏天吧。”

想起许下约定的那个夏天，尘封的回忆一点点浮现出来。

我先是沉浸在怀念的气氛中，慢慢地又觉得十分有趣，嘴角不由得上扬。

那个夏天就像漫画，不，像科幻小说一样。

要不把它写成小说吧？

我坐在出租屋里。天气炎热，实在不想出门。我现在拥有的只有电脑，大学期间学会的打字技能，那年夏天的经历和记忆，闲的发慌的大四暑假，以及窗外吹来的夏天的风。

这就是所谓的创作欲望吧？我心想一定要趁着现在写出来，于是专心致志地坐在电脑前，完成了一篇小说。

严格意义上来说，那不是小说。只不过是把我自己的经历进行了文字化，更像随笔，带有科幻色彩的随笔。

因为文中的主人公不能使用真实姓名，我设计了虚构的名字和性格，稍微更改了班上同学的姓名，也改了地名，但懂的人自然会懂。我把这部以戏谑的心态写下的小说，闹着玩似的投稿给了某个新人奖项。虽然我没获奖，却接到了某位编辑的电话。

“你很有才华，能给我看看其他的作品吗？”

那位编辑这样说道。我很困惑，因为我没有才华，那个故事并非创作，只是我稍微修饰了自己的一部分经历而已。但又不好以此为借口拒绝，纠结许久之后，我只得写出一部完全原创的新作，交给了那位编辑。

没想到竟然受到了好评，“真是没想到啊”“这部很有意思嘛”云云。编辑提议出版试试。那时候，我还没想成为一名专职作家，所以随便想了一个笔名。

书没有大卖，只能说卖得还可以。但的确也卖出了些，编辑就让我再写一本，同样卖得还可以。接着是第三本、第四本……我现在二十四岁，算上随笔什么的，一共出了六本书。虽说不上是畅销作家，但也有固定的粉丝，有些评论家还说我有前途。最终，我步入了职业作家的道路。

尽管已经出了六本书，我仍不清楚自己到底有没有才华。但在文学界，至少要出十几二十本书，才敢说自己有天赋。与其烦恼这些，还不如敲几个字。只有一件事我可以肯定，若是没有大四夏天的那次回忆，进一步说，若是没有初中二年级 7 月 3 日到 7 月 21 日的那个奇妙的夏天，我恐怕不会成为作家，甚至想都不会想。

但现在……那段时光……要消失了。

如果没有成为作家，也就不会与现在的丈夫结婚。我与丈夫石田章介是在一次出版圈的聚会上认识的。但他不是出版圈的人，而是从事建筑行业。他会参加那次聚会，是因为他负责了主宾的那位知名作家的新房施工。

我们相识，相爱，走到了一起，刚结婚没多久，他要被派往海外工作。章介跪在我面前向我道歉。

“对不起，美雪！但是，如果这个项目做得顺利，我一定会飞黄腾达！原谅我！我知道我们是新婚，但请你成全我！”

我没有去送他，因为我真的很生气。

“求求你千万不要出轨，我会每天给你打电话的，好吗？”

他可怜地流着泪说出这句话。然后，飞去了南美的某个国家。虽然约好了每天打电话，但由于他那边通信状况不佳，以及国际电话费真的很贵，最后变成了每周打一次电话。我虽生气，却也无可奈何。

我并不想和他分开，事到如今，我更没有跟其他男人在一起的打算。我的工作正慢慢走上正轨，再过半年，丈夫会暂时回国，所以我不想改变现状。

我坐在书房的电脑前，思考起来。为什么没有来呢？

仔细想想……如果没有手机，就无法锁定保彦的位置，也就无法找到他。他昏过去了，还受了伤。虽不是致命伤，但若没有及时发现，还是有可能造成惨剧。要是他死了，之后会怎样呢？

发现他的遗体后，要开始调查身份。首先，查找保彦留在学校办公室里的个人信息，联系他的“家”。可是他没有家。保彦说过那些信息是随便糊弄过去的。警察如果发现他的资料是伪造的，会怎么处理他的遗体呢？不对，话说保彦的存在本身就是个大问题。

中学时期未曾考虑过的现实性问题，一个接一个地涌上来。他是未来人，只要他说是用未来的技术解决了某件事，我也只能相信。比如说穿越这种根本不可能实现的事情。

如果十年前的我没有来……

我从电脑里找到了很久之前的文件夹，里面是被我珍藏的第一部小说。读着小说的最后一幕，我安下心来。结局没有改变。小说中的我“宫川巴”穿越到了2002年，拿着手机回到了1992年救出了保彦，小说中名叫时彦，然后我们分别了。

但现实并没有如此发展。

为什么？这是基于现实的创作，但如今现实发生了改变。

不，莫非，已经发生了什么，甚至快要结束了。

“我要查一查。”

什么发生了改变，为什么会变成这样？

为什么，我没有来？

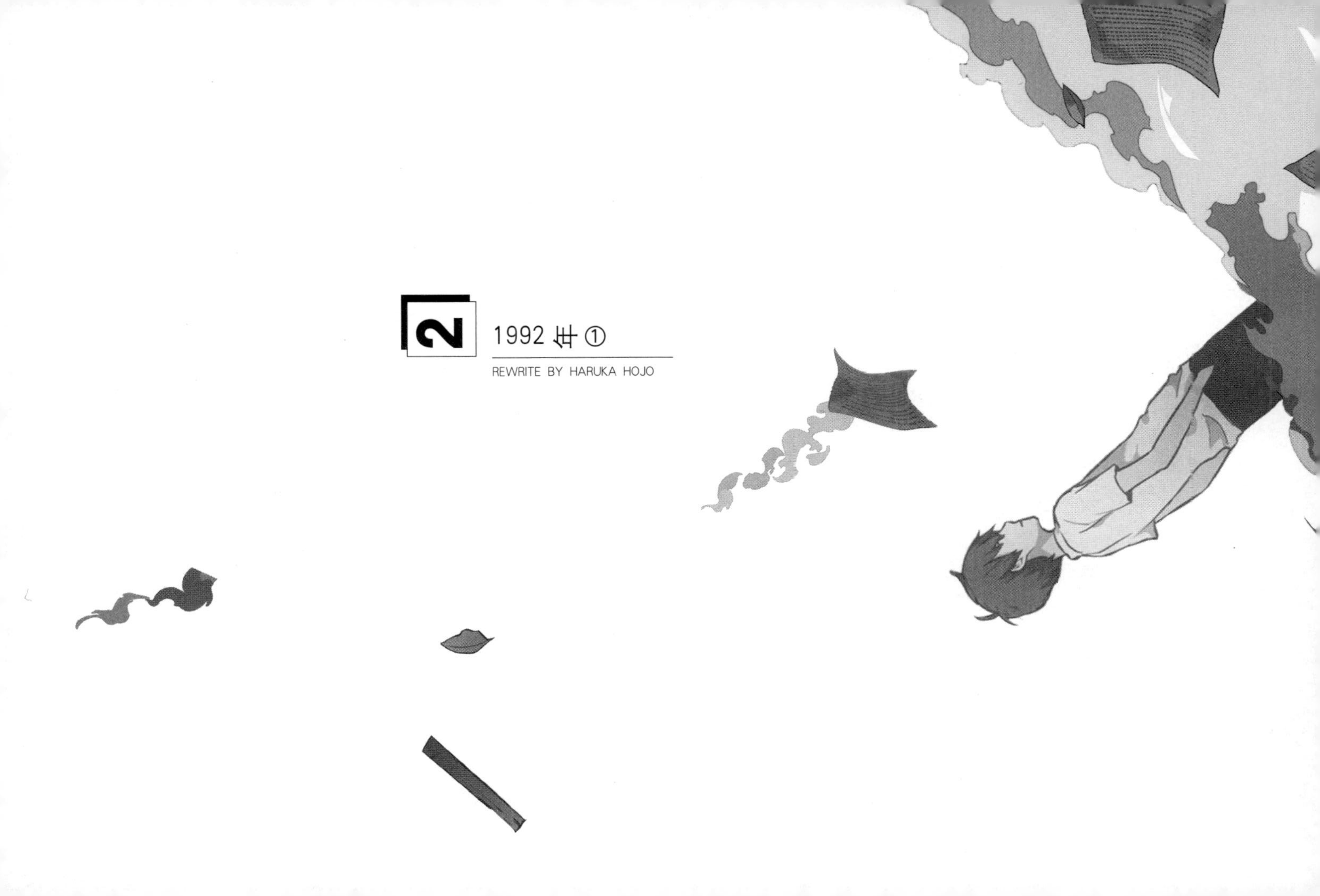

2

1992年①

REWRITE BY HARUKA HOJO

1992 年 7 月 4 日。

“……头好痛。”

我嘟囔着，抱起脑袋。

夏天的风吹进旧校舍中，氛围昏暗。桌椅十分老旧，表面堆满了灰尘。但他丝毫不介意，坐在桌子上盯着我。

“不敢相信。”

“如果你还在怀疑，那我把一个星期后的报纸拿来吧？”

三天前刚转学来的园田保彦微笑道。他有着天真又清秀的面庞，但这未必是他的真面目。据他自述，他是未来人。三百年以后，整容技术已经相当成熟了吧，改变容貌也是轻而易举的事。

对，所以我警告自己，不要喜欢上他。这个人这么古怪，就算是从未来穿越来的，也别把我牵扯进去，我可不想做什么小说的女主角。

谁让我思考问题这么现实呢，我暗暗告诉自己。

“啊，行吧。园田同学，随便你是从未来，还是过去来的，反正与我无关。”

“真是冷酷啊。来自未来的人，在这个时代不会引起人们的兴趣吗？”

“说的也是。那我问你，三百年后的世界是什么样子？”

“这个问题太泛泛了，我没办法回答。而且，我并不了解这个时代，所以，让我用你能理解的方式，描述我主观印象里过去和未来的差别，根本没办法回答。”

真能唬人。但我竟然有些佩服。

“哦……”

“怎么了？”

“没什么，你脑子很好嘛。”

“你也是啊，”他微笑着，“不愧是班级第一的学霸。啊，是叫才女对吧？”

“哪有那么夸张。”

无论他是未来人还是什么，我喜欢能够理性地说话做事的人。

“那，对了，虽然你可能会笑我，但我还是要问……汽车会飞吗？”

不出所料，保彦瞪圆了眼睛，一脸“不懂你在问什么”的表情。

“一般来说，这就是人类对未来社会的印象。我解释一下，我说的汽车，就是那个。”

我指着窗外的教职工停车场。那里停着班主任细田老师的轻型汽车。保彦端详着它，摸起了下巴。

“飞的意思是空中飞行？”

“对。”

“不，不会飞。”他使劲地摇头，使劲地摆手，“不好意思，我完全不明白你在说什么。为什么，那个要飞呢？”

“算了，你别在意。我猜它也不会飞，只是向你确认一下。毕竟让汽车飞起来，也没什么意义嘛。”

“就是啊，你在说什么呢？”

“好啦，不用在意。”我敷衍地笑笑，“除了这个，对了，人类去到月球了吗？”

保彦又瞪圆了眼睛。然后他拿出一个小型机器，一阵操作后说道：

“对不起，我不懂你的意思。根据二十四世纪的历史记载，人类在1969年……”

“没错，阿姆斯特朗船长乘坐阿波罗十一号号宇宙飞船首次登月。但我想说的不是这个。人类，对，已经入侵月球了吗？”

“入侵？呃，月球上没有原住民吧？”

“不是这个意思。”

我有点头大，但同时又觉得好玩儿。

“不是殖民地的意思。那这么说吧，月球上有人类居住吗？”

“没有哦。”

说罢，他也哧哧地笑了。我们的对话简直驴唇不对马嘴，我生活在1992年，而他却来自2311年，他显然掌握着历史的答案。接着，我也笑了起来。

“有趣，真是有趣，没想到1992年的人这么有意思。”

“是啊，我也没想过还能见到2311年的人呢。”

“注定相遇的两个人，是吗？”

“好像电影的宣传词哦。”

“……电影是什么？”

在给他解释的过程中，我意识到同样的词汇，我们的理解是不同的。三百年间，语言的含义也发生了变化。

几番议论之后，我终于帮助他理解了一些常识。比如，只有拧开水龙头，管道中的水才会流出来。坐便器只有掀动扳手才会出水。他不会写字（未来似乎都用电脑打字），但我答应陪他练习。

我随手看了一眼手表，居然早就过了上课时间。

（糟了！居然逃课……）

对班上最认真的女学霸来说，这可是令人痛恨的失误。

（……但这比上课有意思多了）

“哎，园田同学。”

“嗯？”

“有发生战争吗？”

唰的一下，他的脸上闪过一丝阴影。看他的反应，我似乎明白了什么。

“我问你，你的意思是1992年之后，这个国家被卷入了某个战争吗？并且，战争的含义是指国家之间动用武器，并且造成人员伤亡的争斗，对吗？”

“对。”

“有啊。”保彦淡淡地说，“但是，我不能告诉你细节。”

“是不是因为如果我知道了，那本该死在战争中的我，会提前跑到其他国家生活下去？”

“这个问题很卑鄙。”

“嗯，我明白。”

我点点头，他露出悲伤的神情。

“脑子好、聪明，从某种意义上来说也可能是悲剧。也就是说，你想问的是，知道未来以后，能不能……”

“对，能不能改变过去？”

我直截了当地问出了口，他沉默了一秒。

“我猜想到你会这么问了。”

“是吧。”

“从结论上讲，不能。比如，我为了证明身份拿来的报纸，是从某户人家门口拿来的。这就是命运，即使我不拿走，也会由于其他的某些原因，报纸送不到他们家。所以，我才能够拿到它。”

“这难道不是马后炮吗？明明是你偷走的。”

“不是，这是一开始就被规定好的。”

“你能证明吗？”

“我不能证明，但我可以做到十分类似的事情。”

“什么事情？”

“比如说，gam……啊不是，嗯，汉字是……”

“赌博（gamble），对的，汉字是‘赌博’。”

“啊，这样啊。”

“未来也有赌博啊。”

“那是当然，只要金钱这个概念还存在，就不会消失。”

“你想的是赌马……赌马，你懂吗？哎呀，没有吗？那轮盘赌，啊，也没有吗？总之在一次赌钱的游戏里，你输了钱。其实你知道自己会输，但不能穿越回去告诉过去的你。”

“对，就是这么一回事。无论如何都做不到。”

“你试过了哦。为什么呢？自己身上发生的事，肯定知道是在何时何地发生的啊？”

“过去是无法改变的。”

他满脸认真，一字一顿地说道。

“这是绝对的事实。过去既然已经发生，就无法在未来改变。未来的我不能去见以前的我，也不能传递声音，一定会出现某些干扰的。”

“干扰？”

“这就是命运。如果想见过去的我，会不知从哪飞来一块陨石，阻止我的行为。”

他哧哧地笑起来。我没有听懂，在原地呆住。

"……呃？为什么是陨石？"

"哎呀，这个笑话不好笑吗？"

"……未来的笑话。"

三百年后的幽默也不过如此。

"但我不是开玩笑哦，是真的，一定会发生某件事阻止我。这是从一开始就决定好的命运。时间、过去、因果，都是决不允许被破坏的。"

"一旦过去改变了，现在将会错位？就是所谓的时间悖论（time paradox），对吧。"

"没错，呃，悖论（paradox）的汉字是……"

"这也是笑话吗？"

这次我先笑了起来。

我们俩捧腹笑了好一阵之后，我停下来说道：

"也就是说，现在我们在这里交谈，也是命运了？"

"对啊。"他点头道，"我是为了见你，才到这里来的。"

保彦紧紧地盯着我的脸，瞳孔透出一丝绿色。话说，他是日本人吗？不过三百年以后的话，发生什么都不奇怪。

"为了遇见你。"

他没有移开眼神，重复道。清秀的容貌，戳人的语言。

"……这、这也是笑话吗？"我结结巴巴地说。

保彦没有回答，只是微笑地看着我。

我感到脸颊逐渐变红，错开了视线。爱上来自未来的男人，然后生下孩子。这是《终结者》吗？啊，我的孩子是反抗军的领袖吗？

"总、总之……"我清清嗓子，"我了解你的事情了，也明白穿越的机制了，过去是无法改变的。”

我继续道。

“那么，你的目的是什么？刚才是开玩笑的吧？你来到这个时代的真正原因是什么？”

“啊，你说是玩笑……”他轻哼道，“我真正的目的是来找一件东西。顺便进入的这个中学。”

说着，他倏地向空中伸出右手。瞬间，有个东西从空中落在他的右手上。

“啊？等等。”

“嗯？”

“你刚才做了什么？”

“取了个东西。”

“从哪里？”

“从哪里……啊，对了，这个时代还没有开发出 ** 呢。”

他用我听不懂的发音，或是语言，说了某个单词。

“呃，就是哆啦 A 梦的口袋啦。原理虽然不同，但呈现出来是一样的。”

“你居然知道哆啦 A 梦？”

“有人不知道吗？”

我双腿发软。这部动画竟然三百年后还在放啊？

“呐，就是这个。”

保彦的手里握着一本册子，看着不像未来的东西，上面的文字也是现代的语言。

“那是当然啦，因为这就是三百年前的书啊。”

“这是这个时代的东西？”

“对，纸制小说，要从我所在的时代向前追溯两百年才能找到。”

“这个小说怎么了？”

“我发现它的时候，已经破破烂烂了，一翻页整个册子就会散掉。所以我把它保存起来，用 ** 读取了里面的文字信息，读完了这本书。”

又是我听不懂的发音。估计是与电脑有关的东西吧。

“你对三百年前的小说感兴趣啊？”

“别说三百年了，在学校还要学一千三百年前的小说呢。”

“……源氏物语？”

“是的。啊，我从头讲吧。首先，从 2311 年我家的事情讲起。”

保彦开始讲述，为什么会来到这个时代、这个小镇、这个学校，以及我所在的班级。

他是个孤儿，从小没了父母，被养父抚养长大。养父是个古董收藏爱好者，收集了许多三百年前的物件。也就是我这个时代的东西。养父去世后，他继承了遗产，请专业鉴定师给那些物件估了下价，结果几乎分文不值。

“虽说是养父留下来的纪念，但几乎都是我用不到的东西，我就想处理掉。这时候，我发现里面有一本纸制书。”

保彦挥了几下手里的书。

“也是出于好奇吧，毕竟我是第一次见到纸制书。”

他开始阅读这本小说。年代久远，既找不到书皮，也没有封面。

扉页和序言部分也没有了，内容直接从第一章开始。不巧，后半部分也有腐烂，在最精彩的地方戛然而止。后记和版权页也遗失了，因而作者姓名、书名、出版年份和出版社都不得而知。

“我实在太想知道后续情节。在我的时代，过去的书籍信息和内容都被保存起来了，但是我没能通过内容找到这本小说。它没有被保存下来。所以，我直接到这个时代来找了。”

这就是他穿越来的理由。我歪头思考道。

“……确实到这个时代才能找到。但为什么是 1992 年？不是没有版权页吗，不是不知道出版年份吗？”

“来，你看第一页。”

说着，他把小说递过来。有一种金属的触感，我试着翻了翻，并没有翻动。

“翻不动的，外层有保护膜。”

不能翻页，就只能看到第一页和最后一页。没办法，我只能读了第一页，只见上面写着“九十年代初期”。

“原来如此。”

继续读下去，我惊呆了。地名虽然换了别的汉字，但描述的就是这个小镇，本地人一看就知道是冈部町。并且还写了县名。

“还有其他的线索。虽然不能翻开给你看，但具体的地名和店名，以及书里举办的大型活动，经我核实，所有线索都指向这个镇子。”

“等一下，这是小说，是虚构作品。就算写的是 1992 年发生在冈部町的事情，也并不意味着，这本书就在冈部町啊。”

“话是这样，不过无所谓啦。我的目的是拿到这本书，读它的后续剧情。而且，我分析了一下纸张，年代应该在 1990 年至 2030 年。”

“那你去 2030 年找这本书不就好了？”

“但在这个时代，也许也能找到呢？”

他像个淘气包一般，抿嘴一笑。

我有点懂了。恐怕，找小说只是他的借口。

“这本小说的内容是什么？”

“校园小说。”

“哈？”

“以学校为舞台的，描写青春与恋爱的小说。”

这种类型能留存那么久啊，不就是青春小说吗。

“三百年前的学校、校服，基于三百年前的知识水平设置的课程，可以直接喝的自来水。三百年前的食物，三百年前的空气与风、夏天的太阳，三百年前的，在未来已经很普遍的 **，** 还不便捷的时代，但是又充满了吸引力……”

看他讲得如此陶醉，我惊呆了。

“……找小说只是借口吧，说实话，你是来旅游的吧？”

“差不多吧。但我也是真的要找这本书。可是，我遇到了难题，这个时代没有 **。”

“不好意思，你可不可以不讲专业词汇，只描述它的功能？”

“抽出小说的某一部分内容，进行检索，就能查到书名的那种系统。”

“未来有这种系统哦？”

“有的啊，但这个时代没有。”

“那不是废话吗。”

“书店……我第一次见到实体书的书店……我只能去书店，那么多的书，要一本一本地翻阅，与这本书比对。”

保彦深深地叹了口气。

“多么原始的方式。”

“想必未来是很方便的哦？”

“嗯，是啊。”

难道未来没有讽刺了吗？

“或者，给喜欢读小说的人看一下，请他们想想有没有什么线索？”

“喜欢读小说的人啊。”

我们班上有个十分爱阅读的人，但她给我的印象不好，我个人并不是很想拜托她。

“我知道了。我来帮你找这本书吧。”

“真的吗？”

“身为班长，班上出现了一位来自未来的怪人，怎么说也得照顾一下吧。我会帮你找到书，让你回到未来。”

“真过分啊，帮我是为了赶我走？”

“那成功之后，你付我报酬吧。”

“报酬？”

“如果我找出那本书，你就给我一颗紫色药片。”

保彦笑了一下，又伸手在空中取出一个盒子。他打开盖子，拿出一粒药片。瞬时，空气中弥漫着芳香。

“你是说这个？”

他向我展示着穿越用的药片，但我更在意气味。

“哎，这个香味是什么？药片的味道？”

“这个香味叫作 lave…啊，不对。这个时代还是用汉字表示的吧，我想想，香，啊不对，薰衣草‘kunoesou’？这是薰衣草的香味。”

我虽然没听过“kunoesou”，但通过“lave”我猜到应该是薰衣草。

“掉了或者弄丢可就完蛋了。关键是如果被其他人服用了……你也闻到了，它的味道十分强烈。”

“……那么，我也能吃吗？”

他预想过，这个药片会被别人服用，是不是说除他以外的人也可以吃？但是他摇了摇头。

“不行，除我之外，谁都不能服用。因为这是按照我的身体调整的剂量。准确地说，其他人服用的话，也只能穿越五秒。不管是穿到过去还是未来，都只能在那个时代存在五秒。”

他爽朗地笑了笑，将药放回盒子里。

“五秒钟什么也做不了吧？”

“说的是啊。”我也只好放弃，“那用别的作为报酬吧。未来的物件，随便给我一个。”

但最后，我还是吞下药片，去到了 2002 年，尽管只有五秒。

并且，他还收到了分别的礼物——我的初吻。

这时的我，并不会穿越的我，无法预知未来。

“未来的物品，这个怎么样呢？现在就可以给你。”

保彦第三次将手伸到空中，拿出一件物品。我提醒他不要在大庭广众下这么做。

“不是什么稀奇的玩意儿，三百年后的戒指。”

一枚银色的戒指，没有镶嵌钻石。表面精细的花纹，透出难以言状的艺术气息。这是个好东西，我毫不隐讳地想。

但在想到这些之前，我已感觉脸颊烫得像火一样。男性送给女性戒指，在未来已经没有什么含义了吗？

“谢、谢谢你……”

我接过戒指，戴在了食指上，没有戴在无名指。戒指略大，但不愧是未来的戒指。它迅速收缩，刚好与我的食指吻合。我想将它取下来，刚要用力，它又恢复成原本的大小，一下子摘了下来。

“……好厉害。”

我目不转睛地看着戒指。人类真是了不得。短短三百年时间，技术已经发展到如此地步了。

“那，我们该走了吧。”保彦站在教室门口说，“啊，糟了，已经开始上课了。”

“都怪你，害我也要被老师批评。”

为了掩盖害羞，我佯装生气道。保彦笑道没事的，又不知从何处拿出了一件我没见过的器具。我有种不好的预感。

“它可以完美改写人的记忆。”

人类真是了不得。三百年。

“好啦，走吧。”

他喊了我的名字，未经我允许便牵了我的手。我又是一阵害羞，但没有表现出来，轻咳了几声警告他。

“那个，你不要再这样了。”

“什么？”

“喊别人的名字。特别是女生的。而且，你怎么随便抓女生的手……”

“哈？怎么了？”

“总之不要再这样了。变熟之前都要喊姓氏。”

“……嗯，我懂了，这个时代是这样的啊？对不起啊，我的那个时代，一般都喊对方名字的。很多人会忘记姓氏，因为平时都不用。呃，那个……”

他看着我。看到他的眼神，我有点恼火。无论谁对他自我介绍，他都不会记得对方姓什么，一开始就只记名字，当然，他也不会记得我的姓。

“樱井！我姓樱井！”

“好的，班长樱井同学。嗯，我懂了。”

他牵着我的手离开了教室，在充满夏季气味的走廊中奔跑着。

夏天的风，在不知不觉中，令人感到有些愉快。

3 2002年②

REWRITE BY HARUKA HOJO

过去因何而改变。为什么十年前的我没有来到这个时代？

话虽如此，我要怎么做呢？紫色药片没有了，没办法再穿越回十年前的1992年7月21日调查真相。想到这里，我意识到一件事。

首先，我所知道的过去，由于某些异常发生了改变，这一点可以肯定。基于这个前提，可能有三种原因，导致十年前的我没有来。

第一，本人石田美雪，那时还是随娘家姓。1992年7月3日的那天早晨，我没有去旧校舍。也就是我没有目击到从前一天穿越而来的园田保彦。在这种情况下，接下来的事都不会发生，十年前的我也理所当然不会穿越过来。

第二，假设我是"偶然"拿到的穿越药片。保彦"偶然"将药片拿在手里的时候发生了坍塌事故，保彦用他拿着药片的那只手推开了我，所以我才能得到药片。如果这个假设不成立会怎样？

如果没有发生事故……我首先要确认一下。于是我打电话回老家，询问母亲。

"初中时候？对啊，学校打电话来说，你在旧校舍的二楼。我吓坏了，马上就赶过去……你不记得了吗？"

"我很久没回学校了，那地方现在怎么样了？"

"谁知道呢？好像变成一片空地了吧。你问问雪子不就知道了？"

妹妹雪子比我晚三年进入N中学读书。我挂掉电话，拨通了雪子的手机。

“啊，那件事啊。嗯，我初二的时候就是一片平地了。”

“现在变成什么了？停车场吗？”

“不是，现在开了一家俱乐部。真是的，在我初三的时候开始施工，毕业的时候正好盖完，所以我们是使用过那个楼的最后一批人。那教室简直破得不得了吧，姐？”

我装作没听到妹妹的吐槽，挂断了电话。我就是在那个又破又小的楼里送走了我的青春，她没想过我的心情吗。

总而言之，旧校舍塌了，夷为平地之后建了一家俱乐部，以上是事实。发生过事故的事实没有改变。

忽然，我看到自己裸露的胳膊。从小学开始，我就从未参加过体育类社团，没有晒黑的机会，也没有肌肉。手腕白净，没有伤疤。

假如那时保彦没有推开我，我们会一起被埋在瓦砾中吧。幸亏有保护屏障，保彦只是受了点轻伤。当时，急救队员都震惊了，被压在那么重的石头下面，他居然只是胳膊有轻微擦伤。但我的身体应该经受不住。

现在只有我一个人在家。我实在很想知道自己的过去是否改变了，这份恐惧战胜了内心的羞耻，于是我将窗帘全部拉起来，脱掉衣服，全裸站在穿衣镜前。

没有疤痕。苍白的皮肤上没有任何疤痕。我急忙穿好衣服，松了一口气。

我没有被埋在里面。如果这件事改变了，至少会留下一点疤痕吧？然而没有，也就是说保彦将我推出去，我得救了，但是药片没有“偶然”被我攥在手里，是这样吗？

或者还有第三种可能。我没有去未来拿回手机，但保彦也获救了。他伤得很重，但还是保住一条性命。若是这种情况，那药片去了哪里呢？

事故发生后，他回到了未来。药片也被他带回去了？要是这样，我就没办法穿越来了。但他要是没带回去呢?

我拿出了存放手机用的桐木箱子。这是保彦离开时,我拜托母亲为我准备的。十年前,我用一块方巾将手机包好放进去之后,便再没有打开过。两天前,为了让十年前的我拿走它,我第一次打开了箱子,但没有发现任何异常。

但是现在,过去发生了改变。

我忐忑不安地打开木箱,里面是被方巾包裹的手机,没有药片。如果我要藏药片,只可能藏在这里面。难道药被吃了吗?为什么?

“……不行了。”

想不明白。要思考的事情太多,脑袋快爆炸了。话说回来,“过去发生了改变”,这个前提就很不合理。保彦不是讲过吗,过去无法改变,一旦改变会陷入悖论。

但现状是过去改变了。这该如何解释?

正在苦恼着,我的手机响了。我以为是编辑,没看来电号码便接了起来,结果传来了一个陌生的声音。或者说是令人怀念的声音。

“啊,美雪。我是林。”

“哈?”

“是我,林铃子,初中的那个。”

“啊啊……”

林铃子,初中时的同班同学。我不是在老家读的高中,因而初中毕业以后便没见过她。

“好久不见。怎么了?有什么事吗?”

记忆中我和她不算熟。

“要办同学会了。”

她简单地说着初中毕业已经九年了，大家这么久没见，聚一聚，也到了能喝酒的年龄了什么的。

“不是整个年级的聚会？就咱们三年四班？”

N 中学在学生升到新学年的时候，不会调整班级。所以初中三年，同班同学都不会换。不过，大家几乎都是同一个小学毕业的，整个年级的人基本都算脸熟。整个年级一起办不也挺好的吗？

“除了咱们四班，他们都在 20 岁那年聚过了。那时候，阿茂提议大家一起办，但最后没办成。”

阿茂就是酒井茂。对，我想起来了。初二时的副班长。他是男生里面跟保彦关系最近的。保彦放学以后经常跟我一起，去各个书店找那本小说，在学校期间则经常与阿茂黏在一起。

“啊，好怀念啊。阿茂……”

“对，他现在成了一名写手。”

“哇！”

跟我的职业很像呢。

“哎，美雪，你现在做什么工作呢？我现在是个普通白领。”

“我平时写写小说。而……而且我结婚了。”

“真的假的？美雪你结婚了？你还记得那个谁……”

“啊，她啊……”

之后我们随便聊了几句。毕竟九年没见了。她负责同学会的联络工作，为了确认大家的住址有无变更，正在挨个打电话询问。男生那边由阿茂负责。她大概是给我老家打过电话，从我母亲那里知道了我的手机号。正巧我在搜集信息，为了打听消息，我表现得对八卦极其热衷。不过，也确实很怀念。

“……对了，话说，为什么是铃子负责？”

“嗯？什么？”

“联络大家啊，男生是阿茂的话，女生……”

“啊？啊……”

“糟糕。”铃子脱口而出，沉默了一阵。

“哎？怎么了？”

“……啊，对了，美雪你不知道啊。”

“什么事？”

“你高中毕业后不是搬走了吗？”

“对，我一个人住……什么事都不知道啊？”

“就是樱井的事啊。”

“对呀，按理说应该是她负责联络……”

樱井唯，聪明伶俐，但有点难以接近，想法固执的班干部类型。初中三年一直是我们的班长。

“她去世了。”

我顿时喘不上气来。我不知道这件事。

“啊？是因为事故，还是什么？”

“不是，是被杀害的。”

我没有做声，铃子继续说道。

“我们 20 岁的时候，发生了那个凶杀案。阿茂说要一起服丧，就没有召集同学会。”

“等一下，被杀害了？”

“在本地还是个挺大的新闻来着。”

“我不知道。”

“啊，对不起啊，我得赶紧给其他人打电话了……”

也许是话题太过沉重，铃子急于挂掉电话。我理解她的心情。

“不好意思啊，我再考虑下要不要去参加同学会。”

“嗯，那我把邀请函寄到你刚才告诉我的地址。拜拜……”

电话挂断了。我呆愣在原地。

“樱井，她……”

居然去世了。那个又活泼又认真，将班级组织得有声有色的樱井……

我和樱井不是很熟，但也是同班三年的同学。我努力回想她的脸，许多片段在脑海中闪现。想起她曾经在黑板上写下文化节的候选节目名称，那么富有朝气的背影……

我十分在意樱井的事，又拨通了母亲的电话。

“这是怎么了？一天打两次……”

“妈，刚才，初中同学说要组织同学会。”

我顺着话题，问了樱井的事。母亲果然有点尴尬。

“是啊，太可怜了。樱井一家因为这件事搬走了。她父亲原本就是从事农业的，搬到乡下去了。咱们这块儿本来就够偏僻了。”

“妈，我问的不是这个，遇害……”

“哎呀，引起了不小的骚动啊。”

“不是这个……”

结果，母亲对案件的细节几乎一无所知。唯一知道的是发生了凶杀案，并且犯人至今未被逮捕。

脑海中又浮现出樱井唯的面庞。她真的是个聪明的女孩。

我没有流泪，却也难免感伤。

“请您下周务必完成。这个时间已经很勉强了，绝对不能拖稿。还有就是，我们的编辑部拜托您……老师？”

肩膀被拍了几下，我终于回过神来。刚才走神了。

我正坐在车站前的咖啡屋，与编辑开碰头会。店里播放着慢节奏的古典音乐。面前的桌子上摆着咖啡、稿件，以及一支红笔。座位后方聒噪的大妈吵得人心烦。

“……我在构思新作品。”

其实我脑子里全是樱井的事，只能随口编了个理由。

但是不工作就没饭吃，我要转移自己的注意力。干活！我在心中默念。

“不好意思，你刚才说什么？”

“我刚才在说，单行本校样的最后期限，还有杂志要登载的夏季特辑的稿件！高峰老师！”

责任编辑佐野急躁地喊道。

目前有两家出版社向我约稿，佐野所在的出版社，正是大四夏天发掘我的那家公司。我要为这家公司出版的杂志写稿。本来想着，反正是部短篇，还有一个月的时间，等十年前的我拿走手机之后再开始写。

“那个，佐野，我有个过分的请求。”

“发售日期已经定了，校样不能再拖了。”

“校样我会想办法的。但是杂志这个短篇……我这次不想写了。”

“您现在说不写可不行啊，预告早都放出去了。”

这话让我没法接。

“拜托了，我有点私事必须要处理，现在很忙。”

核对校样是事务性的工作，不花心思也能做。但是，现在让我找灵感写新稿子，根本就做不到。我的大脑里充斥着恐惧与疑惑。

“您这样还算是职业作家吗，老师？”佐野愕然道，“咱们公司的规定是，除非作者身体不适，或是您家里出了什么事，否则都不能开天窗。”

“拜托你了。”

“不行。而且，这个特辑里的其他老师的稿子早都交过来了，您已经是最晚的。我今天来就是为了催您这篇稿的。”

他用更加严厉的眼神盯着我。没办法，我决定了。

“……长篇行吗？”

“什么？”

“把长篇的四分之一刊登在杂志上，剩下的做单行本。”

“要看稿子质量如何。”

能干的编辑连回复都这么快。

“您有存货？”

“有是有，正好也是以夏天为背景的。”

正是那年夏天写的小说。最后出版的是我的第二部作品，而且当年读过我这部小说的人——挖掘我的恩人，已经跳槽去了其他出版社。因此佐野不知道还有这样一部小说。

“那好吧，等我看过之后再说吧，最好今晚就发邮件给我。啊，对了，老师……”

佐野突然压低声音，四下环顾。

“老师，您的身边有没有发生什么怪事？”

我吓了一跳，心口像针扎一般。

当然有了，并且是异常怪异的事情。过去的我没有穿越过来，如此具有科幻性的大问题。

不过，与此事无关的佐野怎么会知道？

“……什、什么，是什么意思？”

我不由得低下头，颤抖地问道。但却得到了意外的回答。

“具体来说就是……跟踪狂什么的。”

“哈？”

我抬起头。这话是什么意思？

“有人往编辑部打电话，可烦人了。一开始是写信，写了好几封，说是想要高峰文子的简历，包括真实姓名、地址和电话号码。”

高峰文子是我的笔名。这是我大学时随便起的名字。因为某些原因，我现在有点后悔用这个笔名。

“这是不是意味着我火了？”

“这可不是在开玩笑。”佐野摇着头，“的确，有些爆红作家会遇到类似这样的跟踪狂，甚至跑到出版社来，还要见直接对接那个作家的责编。但是责编是不能出面的，您知道为什么吗？”

“因为很难应付？”

“不是的。打个比方，我作为高峰文子您的责编去见了他。我只能告诉他‘对不起，我们不能透露作者的个人信息，请回吧’，这样做是不行的。”

“为什么？”

“会被跟踪的。他从出版社就盯上我，跟我到东京站，直到我买新干线的车票。您目前公开的个人信息只有出生年份和现居静冈县，他知道您住在静冈县。咱们公司的作家，只有三位住在静冈县。这些信息，他可以自己查到。”

“然后呢？”

“只要我不在静冈站下车就好了。跟踪狂肯定会以为跟错了人。但如果，我在静冈站下车了呢？他尾随着我，最终来到老师身边。”

听了他的话，我感到一阵恐怖。不会吧？

“呃，那个……”

“您的照片没有公开过。说不好这里……”

佐野环视了一下店内。

“喂，你别这样！”

“当然了，我是您的责编，我没有泄露出去，所以这里不会有跟踪狂的。但这件事可不是开玩笑。您又是个美女，还这么年轻。”

这句恭维并不能让我开心。拜托，让我心烦的事情不要再增加了。

“那个人大概多久打一次电话？”

“嗯，一天一次，从未中断。”

“是男的吗？”

“是个男人的声音。有点低沉，但应该挺年轻的。”

“报警会不会比较好？”

“没有出现实质性伤害的话，报警也没用。但是吧，跟踪狂造成的实质性伤害，还挺难断定的。总之您多小心，当心四周。毕竟这个粉丝这么难缠。”

“别吓唬我了，啊，好可怕。”

总感觉还有个问题没有问。想起来了。

“对了，佐野你以前在别的出版社工作过吧？”

“我吗？是的。”

“你听说过酒井茂这个作家吗？”

“这是真名吗？”

“对。”

佐野抱起胳膊思考着。过了片刻回道：

“没有哎，怎么？您有跟踪狂的线索了？”

“不是，他是我的初中同学。最近有人说要办同学会，听说了他的事。”

“同学会不能构成您拖延的理由哦。”

他的眼睛闪着光。

回到家后，我将大学时写的小说《穿越时空的少女》发到了佐野的邮箱。然后，我在网上检索“樱井唯”这个名字，从当地的新闻网站上，找到了案件的详细信息。

樱井高中毕业后，在当地的一家报社打工，做实习记者。两年后，某天深夜，她在回家途中被杀害了。凶器是一块大石头，现场附近有一处凹陷，应该是原本放置石头的地方。行凶用的石头很有可能被犯人带离了现场。

可见，犯人并非预谋作案。樱井生前并未遭人怨恨，很难断定是仇杀，因而警察推测可能是歹徒拦路行凶。

并且犯人，至今未被逮捕。

4

1992年②

REWRITE BY HARUKA HOJO

“哇啊啊啊啊……”

1992年7月12日，星期天。园田保彦，这位自称来自未来的人，如今是我所在的N中学二年级四班，学号为十四号的男生，正站在区图书馆的书架前，瞪大眼睛。

“太厉害了！”

保彦大叫一声，扑向书架，随意抽出一本书来，胡乱地翻起来。他的情绪异常高涨，眼神发光，看得出他真的很开心。

周围的读者都茫然地看着保彦。这也难怪，保彦没有看书，只是不停地从书架上把书拿出来再放回去。

我站在保彦身旁，也受到了目光的洗礼。趁还没有羞得满脸通红，我抓住了他的手腕。

“那个，保彦。”

“啊，你看啊，纸制书哎！我不敢相信！多么浪费啊！资源的浪费！”

保彦满面笑容地说着出乎意料的话。

果然，坐在服务台的管理员站起身，瞄向这边。大概误以为我们是捣乱的人吧。我急忙向她鞠了一躬表示歉意，拉起保彦径直走向休息室。

“真是的！你突然瞎喊什么啊！”

“大开眼界啊！”他还在自言自语，“这就是大消费时代啊。一切都是那么浪费、低效、缺少系统性，要花多少时间在检索上啊？如此原始的机制，这个时代的人还真是能忍啊……原来如此，所以引起了技术革新啊。

嗯，我懂了，毕竟这太繁杂了。”

我强行让保彦坐在休息室的沙发上，站在他面前提醒他。

“保彦。”

“但这点儿空间，规模不够啊。如果是发达国家的话，每天出版的书籍有很多的。就那个书架的收纳能力，怎么看都不够用。所以才会那样？有遗漏？文化的缺失？这还算是发达国家吗？”

“听我说！”

我抓住他的肩膀，让他的脸面向我。那清秀的面庞和不像日本人的绿色瞳孔。竟然使我有一点害羞。

“怎么说呢？”

“你说。”保彦发出奇怪的声音。

“你的时代有图书馆吗？”

“有啊，但不是实体的。”

“听不明白，我也不想明白。你听我说……”

“你说。”

我像老师一样对保彦说。

“……在图书馆要保持安静。”

“……意思是不许交谈？不可以互相交流吗？”

“是要你小点声。”

为了让保彦能够体会，我靠近他的耳边，低声说道。

“这样吗？那……”

他贴近我的耳朵，也一样压低声音。

“在这个时代，大家都是保持这种不知廉耻的距离讲话吗？”他的声音令我心里一痒。“啊，不好意思，不知廉耻的汉字是……”

“本来就是汉字吧。”

“啊，对啊。”

他总算平静下来，用十分好奇的眼神环视周围。

我坐到沙发上，一动不动地看着他。

保彦的目的是寻找他在三百年后发现的一本小说，阅读故事的后续。

可是没有证据表明，那本小说是在这个年代出版的。更何况，冈部町是静冈县相当偏僻的小镇，想在这里的书店、学校的图书室、区图书馆找到那本小说，可能性几乎为零。

“但我还是想看看。在我的时代见不到纸制书，我想摸一摸，实际感受一下。”

于是，我带他来到区图书馆，结果他就变成了这副样子。他的眼里只有书架上的书，根本没有我。

“……保彦，你真的明白了吗？”

为了让他再次注意到我，我在他的耳边问道。但他的眼睛没有离开书架，只是轻轻地“嗯”了一声。我叹了口气。

“真是的，我今天可是来约会的！”

冈部町不大，人口也不多，但今天是周日，图书馆还是座无虚席。很多小孩子像看珍稀动物似的看着保彦。

我后悔没在来之前提醒他，明明之前在学校图书室的时候，他就已经表现出那种反应了。

“总之呢，在这里一定要保持安静。”

我再三提醒道。保彦默不作声，点了点头，眼中的光芒还没有退去。

“因为有很多人吗？”

“对，而且还有人在学习。”

“嗯……”

他看看开架区域，歪了歪头。

“为什么那里会有桌子？”

保彦指着那边的桌子，一个大学生模样的人正在学习。旁边不仅有人在做笔记，也有人在看报、读书。

“站着读书多累呀，所以啊……”

“不是可以借回去吗？拿回家看不就好了？”

“但是可借出的数量有限制。我记得好像……每人最多能借十本吧。”

“……哦？等等。”

不知为何，保彦对这个问题咬住不放。他认真地看着我。

“怎么？我说了什么奇怪的话吗？”

我有点惊讶，心怦怦直跳。他竟然用这样认真的眼神看着我。

“等一下。那如果这本书只有一本，被借走了，那其他想看的人怎么办？”

“怎么办，就只能等借走的人来还书了。”

“同样的一本书，会有几本在架上呢？”

“呃？一般来说只有一本。”

如果不是畅销书，不会摆好几本吧。何况这只是个区级规模的图书馆，书架又不多。

“难以置信。”保彦仰天抱怨，“效率真的是太低了。”

“反正你快点找吧，这地方怪闷的，找完赶紧走。”

不然，难得的约会就泡汤了。我抓住他的手站了起来，找到服务台前，向图书管理员询问。

“那个，我们在找一本书。”

管理员是一位身着围裙的女性。由于刚才的骚动，她此刻正不停地打量保彦。

“请到那边问负责指引的图书管理员吧。”

她指着另一处柜台，那边有一位戴着眼镜，身穿马甲的管理员。

“你们在找书吗？”

“嗯，就是这个。”

与刚刚尴尬的气氛不同，这位管理员友善地接待了我们。我把从保彦带来的那本小说第一页的复印页拿给管理员看。

“……只有这个吗？就一页？”

管理员露出为难的表情。

“是的，您也不知道吗？”

其实我觉得可以展示全文，但保彦担心“万一，这部小说在这个时代还没有出版，就难办了。今后等到它出版了，看过的人就会记起‘哎，我以前好像读过’”。没办法，只好拿着第一页来找了。

管理员歪着头一边读着着，一边问道。

“这是小说吧。作者是哪一位呢？”

“不知道。”

“书名呢？”

“也不知道。”

“出版社……”

“那个……”我打断了对方，“不好意思，我们只有这一页的内容。”

“啊……”

管理员发出为难的声音。这也没办法，尽管我不怎么看书，但也清楚，仅凭这一页就想找出那本小说，简直是难于登天。

因此，我希望管理员能快点说他不知道。这样就能继续约会了。

“这个尺寸的话，不是文库本。是单行本吗。没有上下分栏，那么出版社应该是……”

与我的期待相反，这位优秀的管理员开始锁定出版社了。保彦在一旁抱着胳膊，始终观察着他。

“没有分两栏的话，就是S社。啊，也有可能是E社。不好意思，是哪一年出版的？”

“这个也不知道。”

不用找了。我只是想让保彦看一看，图书管理员这种专业人士都不可能找得到的。然后他就会暂时放弃寻找，陪我约会。

“这样啊……”但管理员没有表现出放弃的样子，“……从文体来看，是现代小说呢。看这个文风应该是女作家。哎？这个场景，写的不正是这个镇子吗？”

我吓了一跳。如果保彦带来的这本书真的存在，那他就要回去了。

“嗯？来自冈部町……不是，以这个小镇为背景的小说……”

“呃，不清楚就算了吧。”我强行拿回复印页，“谢谢您了。”

我拉着保彦的手，正要离开。

“哎？”

保彦回头看着身后。

“你是……同班的？”

“雨宫……”

雨宫友惠，同是二年四班的同学。她没有多么可爱，总是带着土气的眼镜，是个一点儿也不起眼的乡下姑娘。她盯着我手里的复印件。

“干吗……”我条件反射一般，将复印件藏起来，“雨宫……和你没关系！”

其实，当我得知保彦想找小说的时候，我首先想到的人既不是语文老师，也不是书店老板，而是她。问问她或许会知道。

雨宫是个书虫。从小学开始，只要一到休息时间，她就会读书。有时，一群女孩子和她搭话，她也只是嘟嘟哝哝地小声回答，没有什么大的反应。很自然地，她被女生们排挤了，一个朋友也没有。

（不对……有一个人，是……）

总之，不管是出于我想约会的原因，还是担心保彦找到那本书就要返回他生活的时代，雨宫的出现都很碍事。

“保彦，走了……”

“你是我们班的友惠吧。坐在窗边，一直在看书……”

保彦无视了我，主动跟雨宫说话。我想拉走他，谁知他竟纹丝不动。

“你们刚才在指引台，”雨宫用很小的音量说道，“所以，我猜，你们是不是在找什么书。”

啊，这种兜圈子的说话方式，真是让人上火。

“对啊，就是这个。”

保彦用力地把复印件从我手里拽走，拿给雨宫。

“喂，保彦……”

“你知道是什么书吗？我只有第一页。”

雨宫看着复印件，默读起来。我十分焦躁。

（如果被她找到小说，保彦就要离开了……啊啊，烦死了！为什么她偏偏会在这时候出现！）

我烦躁地握紧保彦的手。他则一言不发地注视着雨宫。

“这是S社的小说，已经绝版了。作者是宫川玉枝，昭和时期被埋没的女作家。”

雨宫小声答道。

我近乎绝望，但“绝版”二字再次唤起我的喜悦。如果已经绝版，那这个时代可能无法找到了。

但雨宫接下来的话，瞬间浇灭了我的喜悦。

“我家的仓库里有这本书。我记得我看到过。我爷爷是收藏家，收集了好多旧书。”

“哇！”保彦大叫，“那太棒了。要是方便的话，我想去参观一下。”

“嗯，可以啊。现在正好是中午，我也正想回家一趟。”

雨宫把复印件还给保彦。

“那，我去把这几本书借了。”

说着，雨宫拿着几本书，小跑到柜台。

“保彦。”

现在不说就来不及了。

“不能去雨宫家。”

“为什么？”他歪头问，“她说家里有这本书，而且仓库哎，我很感兴趣。毕竟在我的时代已经消失了。”

保彦满脸期待。我没办法对这样的他说出真实理由。这话不该对刚转学来的他说，而且，他这个未来人可能也无法理解。

怎么办呢，怎么才能阻止他？我正这样想着，雨宫借完了书向这边走来。

“走吧，我家挺近的。”

“不好意思哦，休息日打扰你。”

“没什么……”

什么嘛！这个娇羞的态度。我在跟他约会呢。

（现在明明我才是主角！）

轮不到你出场呢！我很想这样大喊。

但这里是图书馆。我强压怒火，跟在他们二人身后。

奇妙的三人组离开后，那位经验丰富的，尤其喜欢读小说的图书管理员自言自语道。

“宫川……玉枝？昭和的女作家？”

从没听说过。而且S社是平成时期成立的出版社。

“现在这里只有几个破败的民宿，古时提起冈部，可是东海道有名的驿站。”

“是吗……”

保彦饶有兴趣地听雨宫讲述。我在一旁急躁不安。

“静冈市是静冈县政府的所在地，啊，翻过这座山就到了。要从静冈过来的话，经过冈部是最便捷的。静冈县的城市几乎都是沿海而建，从静冈往藤枝方向走的话，完全是另一番景象，有很高的悬崖。现在有公路和隧道，过去的人都是徒步爬山的，所以会在冈部住一晚，再往藤枝那边走。”

“原来如此。”保彦点点头，“有人的地方，就会形成村落。”

“是……呢。”

我对雨宫这种吞吞吐吐的说话方式很火大，但她说的也是事实。冈部町被群山围绕，是形成在群山的山麓会合地带的小镇。这样小的地方，朝比奈河还要蜿蜒流过，导致能够居住的土地范围更小了。如雨宫所说，如果不是连接东海道的话，这里或许不会出现村庄。除了驿站，没有其他发展方式。

“但是，仅靠住宿业，这个镇子能撑下去吗？何况现在还通了隧道。”

保彦提出了根本性的问题。没错，所以现在，冈部町……

“现在是农业吧……柑橘，还有在山上种茶。冈部的茶……”

“对对！”我强行插入了对话，“说到茶的话，日本有三大产地！京都的宇治，福冈的八女，然后就是静冈的冈部，出产的是朝比奈的玉露！镇上的小孩子都知道！”

确实只有这个。所以只有去烧津或者藤枝，才能见到电器城、超市和餐馆这种大型的店铺。

三人走在洒过水的乡间小路上，浑身阵阵清凉。路旁开着鸭跖草的小花。

“友惠，你讲话很清晰易懂。”

“是吗？我的朋友说我讲话像宅男一样。”友惠回答。

“宅男，是什么？”

“呃。”

雨宫窘迫地看向我。我心想谁要管你，将头转向一边。本来跟雨宫走在一起就够难受的了。

“园田同学，为什么，你对常识……”

“啊，嗯。我还没对班上其他人说过呢。”

听到雨宫的问题，保彦深深地点头。

“我是海归子女。之前住在外国。所以我的日语比较奇怪。”

“哦……”

是我让保彦这样说的。我告诉他，这样说比较好，是个理由充分的借口。

“准确地说，我不是纯正的日本人，是四分之一混血儿。你看，我的眼睛是不是有点绿色？”

“……真的。”

雨宫居然凑上前看他的眼睛，像是对我炫耀一样。

我咬牙切齿，故意大声说道：

“那么，雨宫，那是谁写的小说？”

“在昭和时期活跃过的，名叫宫川玉枝。我记得我说过。”

她说话真让我生气。想赶紧把她弄走，回去继续约会。反正只看过一页，怎么可能找得出来，一定是她记错了。

想到这里，我想起一个信息。对，对，她搞错了。

“哎。”

为了不让走在前面的她听到，我小声对保彦说。

“错了，她搞错了。”

“嗯……”

刚要开口，他连忙用细长的手指捂住嘴巴。

“你不是说过吗？从小说的纸张来看，年代在1990年到2030年。”

“我是说过。怎么了？”

“那不可能啊，1990年可是……”我在心里算了算，“平成二年。怎么可能会是昭和年代的书呢？”

“不好意思，ping cheng，zhao he，那是什么？”

“我想说的是……”

正要解释时，传来雨宫的声音。

“怎么了？”

“没事！”

不想被她听到我们的对话。她不会明白为什么保彦会指定小说是在

1990 年到 2030 年出版的，如果不从保彦是未来人开始解释，便无法解释清楚。

但是，保彦直接说了出来。

“她说你搞错了。呃，这本小说最早也是 1990 年出版的，她说不可能是 zhao he 的书。”

“……哈？”

果不其然，雨宫茫然不已。

“最早是 1990 年？你怎么知道？不是没有版权页吗？”

“那个，两年左右的误差，也是有可能的。”

保彦这么说道。

喂……

“话说友惠，你家的那个仓库？我好想看看啊。我对旧东西很感兴趣。”

完蛋，这下彻底无法阻止他去雨宫家了。

到了雨宫家，我们先和她母亲打了招呼。母亲和女儿一样，是个平凡的中年女性。雨宫带我们在家里转了一圈，便来到了仓库。

仓库的外墙是白色的，屋顶铺着瓦片。仓库建在树丛的角落里，树丛中的桔梗花散发出清幽的香气。看到仓库，保彦停住了脚步，连连惊叹。

“仓库里面有很多灰尘，你们当心。”

说着，雨宫用一把巨大的金属钥匙打开了门锁。开门的瞬间，一股陈旧的气息铺面而来，我下意识地背过脸去。

仓库的采光只能依靠窗户，里面没有电灯，十分昏暗。

仓库有两层，里面的台阶和覆盖着塑料布的古董，都堆积着一层薄薄的灰尘。里面看起来很脏，仿佛空气都发霉了一般，感觉隐藏着许多蜘蛛和蟑螂。

“呃……”

不是吧。要进去这里面吗？我好不容易化了妆出门的。

但是，保彦兴致盎然地向里面探头，开心地走了进去。雨宫也进去了。别开玩笑了，才不会让你们两个在这么黑的地方独处，我心想着也走了进去。

果然有许多灰尘，空气好像都是浑浊的。

雨宫打开窗户，阳光照了进来，但浑浊的空气并没有变得清澈，飘舞的灰尘反而更加明显，越发让人觉得这里尘土飞扬。

“一层是古董，也有一些书。书架在二层。啊，当心台阶。”

保彦的一只脚已经踏上楼梯，他在确认木头楼梯是否结实。

“这个不会断吧？”

“我觉得不会。也没什么人进来过。不过，要上二层的话，最好……不要上去好多人。”

“那，我和保彦去二楼找，”我立刻说道，试图分开他们，“宫川玉枝是吧。知道作者名字的话，很快就能找到。雨宫同学，你在一层找吧。”

雨宫还没作声，我便赶紧推着保彦上了二层。楼梯有些腐朽，发出咯吱咯吱的声音。雨宫没有跟上来。

二层是书库，有八个大型的书架，每个书架上都摆满了古书，散发出一股霉味。试图抽出一本，便会飘起大量的褐色灰尘。

“咳咳……”

“好厉害，这么肮脏的空间，快赶上我的时代的 ** 了。”

听不清保彦的发音。虽然不知道他在说什么，但我明白他在形容这里脏。

“这，如果不戴口罩，嗓子受不了啊……保彦，这种空气，你受得了吗？”

“完全没问题，我经常打开保护屏障，它会净化我吸入的空气。”

是了。未来的地球空气污染太过严重，人类几乎无法呼吸。普通人也能随时启动保护屏障，自动净化呼吸的空气。

“真好，羡慕……”

在浑浊的空气里，我们二人一边发着牢骚，一边找名为“宫川玉枝”的昭和女作家的书。最后，在二层的书架里没有找到这个作家的著作。

“没有啊。”

做了一番无用功，累惨了。这时雨宫走上二层，我更加生气了。

“一层没有哎。你们找到了吗？”雨宫不慌不忙地问。

“没有！我早就说了，没用的，啊，真是……”

我大声地叫道。

我掏出手绢，擦了擦布满灰尘的手，没有看到保彦，他不在二层。

“咦？保彦呢？”

“在一层，他在看古董，看起来很开心。”雨宫回答。

“什……”

我讶异地从二层的栏杆往下看。保彦正在翻开塑料布，不停抚摸着一个不知是壶还是钵盂的东西，满面笑容。

“呜哇，这是什么啊！太厉害了！这里全是宝贝啊！”

说着，他的手伸向一个棍棒状的东西。我心下一惊。

“保彦！”

“等一下！”

雨宫也破声道。不能怪她，毕竟那东西，怎么看都是一把日本刀。

“别拔出来！我说真的……”

诶？他说着，转身面向这边，手已经握住了刀柄。我急忙跑下楼梯。

恍惚中，我感到背后被人推了一把。意识到的时候，我已经跌了下来，身体撞在了腐朽的楼梯上。

这时，木头楼梯开始断裂、崩落，直直地向地面砸来，也砸向了我。但是，我没有被砸到，取而代之的是柔软的身体的触感。

灰尘与塑料布在空中飞扬，仓库中被粉尘淹没，什么都看不清。眼睛逐渐适应之后，我看到了保彦的脸庞。

“啊……”

“没事吧？”

距离近得能感受到他的呼吸，似乎只要伸出舌头就能碰到。

“没事吧？”

他又问了一次，我却在发呆。

“啊……呃嗯。”我慢慢点头，“倒……倒是你……”

“我没事儿，我有保护屏障啊。”

是这样啊，我意识到是他保护了我，帮我挡住了。

“喂！”楼上传来雨宫的声音。真烦人。“没事吧，你们两个？我看不见你们……”

我想要动一动身体，但背后好像压着断掉的楼梯，动不了。

“啊！这是怎么回事？”雨宫母亲的声音。

“妈，楼梯断了。”

“等一下，我来挪走它。”

我倒希望不要挪走。

他的脸距离我这么近。

还想再待一会儿。

但是残破的楼梯很快被挪开，阳光照了进来，我咂了下嘴。

我咂了下嘴。楼下的场景。保彦抱着她的那一幕。

“啧……”

令人生厌。不过，就算我没有推她，也会是这幅情景吧。

“真的对不起。”从这个和式客厅可以看到整个院子，蝉叫声在整个屋内回荡，叫人心烦，我正襟危坐向雨宫的母亲低下头，闻到了榻榻米的味道。

“把楼梯弄坏了。”

“没事的，反正她爷爷也不在了，本来我们就想把仓库拆掉的。”

说罢，雨宫的母亲回到厨房，端出了大麦茶和一盆切成半月形的西瓜。西瓜貌似是从雨宫家的田地里摘的。保彦可能没见过西瓜，满脸震惊。

“倒是你们没受伤吗？真的没事吗？”雨宫的母亲说。

“没事的。”

保彦就不必说了，幸运的是我也没受伤。虽然被灰尘覆盖了，但能跟保彦抱得那么紧，反倒是因祸得福。早知道会这样，还不如装作不小心亲他一下。

“那，你们慢慢玩儿吧。”

雨宫的母亲刚走出房间，保彦立刻上手，拿起一块西瓜啃起来，果汁四溅。

“红色的果肉，太稀奇了。”他边说着，大口吃得很开心，“哇……好甜……嗯。”

“好吃吗？”雨宫问。

“特好吃。”

为了表现出西瓜的美味程度，保彦深深地点头。

“在我那个时代，根本没有这种自然培育的水果。”

“……时代？”

“他的日语很奇怪的。”

我赶紧帮他解释。

“啊，这样……”

说着，雨宫伸手要拿大麦茶。

“话说，小说的事。”保彦说道。他已经拿起了第二块西瓜。

“啊，嗯。楼梯坏了，没法去二层找了。”

刚刚留在二层的雨宫，是被个子高高的保彦抱下来的。尽管我有点嫉妒，但没有梯子，她只能这样下来。我在内心叹气，也伸手拿起了西瓜。果肉被冰镇过，非常好吃。保彦已经把第二块吃光了，红色的汁水从唇边滴下。

“过段时间就修好了,到时我再找吧。呃,找到了再告诉你。”雨宫说道。

“既然现在不能找，也只好这样了。”

保彦说着，咬下了第三块西瓜，看来他很喜欢。但对我来说，已经没有理由再待下去了。

“保彦，吃完这块我们就告辞吧，坐得太久不好。”

我本身就讨厌待在雨宫家。仓库不引人注意倒还好，从客厅能看到院子，这可不行，从外面路过的人会看到的。要是被同班同学看到我在雨宫家里喝茶的样子……

“……坐得太久，告辞，是什么意思？”

保彦的话打断了我的思绪，我慌忙解释：

“告辞的意思不是……”

“园田同学，你之前在哪个国家？”雨宫说，“绿色的眼睛，那就是白人咯？是欧洲吗？”

“不，不是EU。”

“……EU？”

“哎呀，这个时代还没……啊对对，不好意思，是欧洲。”

“时代？”

“他日语不好的嘛！”

啊，真是的，再不走就要露馅了。我站起来，想把保彦拉起来，抓住他的肩膀。这时，玄关传来了大声的呼喊。

“不好意思——我是大槻！友惠在家吗？”

“哎呀？”

保彦看向玄关。我正要向那边转头时，只听得雨宫小声地说。

“——洒了。”

“嗯？”

保彦在向玄关看的时候，膝盖撞到桌子，弄倒了我的茶杯，茶全部洒了出来。

我来不及躲闪，大麦茶洒到我的裙子上，我的腿感觉凉凉的，榻榻米上渗出一片茶渍。

“呜——啊……”

糟透了。特意穿的裙子。

“啊，我去拿毛巾。”

雨宫站起来走向玄关，招呼客人进来。这个声音我很熟悉。

“啊，友惠，我来还书，之前从你这里借的。”

“回学校还我就好了啊。”

“话是这样，但总觉得今天非来不可啊。”

“哎呀，大槻，欢迎。”雨宫母亲的声音，“哇，今天的客人真多呢。”

“妈，长谷川的茶洒了。”

“是吗？我去拿毛巾。”

“诶？长谷川？咱们班的？不会吧？敦子同学？”

“对，园田同学也在。”

“为什么？太稀奇了，简直无法相信啊。长谷川在友惠家？真的吗？”

“有点事情……”

在她们大聊特聊时，保彦将胳膊伸到空中。

“我可以瞬间把衣服弄干。”

“不行，会被怀疑的。”

拿毛巾擦没用的，只能回趟家去换衣服，内衣也湿了，约会完全泡汤了。

而且，被同班的大槻知道了我在雨宫家……不，大槻的话不必在意，她是班上唯一与雨宫走得近的人，应该不会到处乱说。

“哇，是真的啊。”大槻来到客厅看到了我，“敦子同学居然在友惠家。”

“敦子同学，没事吧？”雨宫的母亲拿着毛巾走过来。

我接过毛巾，保彦悄悄地说：

“……什么嘛，你们不是都喊名字吗？”

“只有女生之间才可以。”

我也小声回答道。但他可以喊我的名字。我希望他喊我的名字敦子，而不是长谷川。

大槻注意到保彦，眼睛睁得大大的。

“是园田同学啊，哎，莫非你们在约会？”

对，本该是约会的。

我瞟着雨宫，啧了一声。都怪她。如果不是她突然出现，约会应该进行得很顺利。

果然应该提前告诉保彦事情的原委，让他不要接近雨宫的。但他是转学来的，又是从外国，日本的这种文化……学校特有的文化，总觉得不好和他说这些。女生就不必说了，男生更不会告诉他的。

雨宫友惠，在我们班上究竟处于什么样的位置？

“大家难得来玩，吃过午饭再走吧？我准备了冷面。”

“那就承蒙款待啦！”

保彦光速回复了雨宫的母亲，估计又被冷面勾起了兴趣吧。哎，我叹了口气。

忽然，我注意到保彦的视线。

他注视着大槻，用一种怜爱的、温柔的眼神。

我记得，那个眼神，让我瞬间生出了强烈的嫉妒。

但是几天后，我完全忘记了这件事，两人一起去了本地的祭典。那天晚上玩的很开心。

又过几天，旧校舍坍塌了，然后……

可是我无法预知未来，当下只是沉浸在不悦的焦躁中。

5 2002年③

REWRITE BY HARUKA HOJO

“您发来的稿件，我读过了。”

电话那边传来编辑佐野的评价，声音沉着冷静。

“怎么样？能用吗？”

正在核对校样的时候接到他的电话，我把红笔放下了。编辑打来商讨的电话一般都会很久，为此我把冷气打开了。

“比较难吧。”他简洁地说，“老师，这是很久以前的作品了吧？”

“啊哈哈，你看出来了啊。”

“我可是专业的，不要小瞧我。比出道作品还早吧，是处女作？”

“没错。”

“喂，老师……”

“就当是帮我宣传一下处女作，出单行本的时候我再修订，怎么样？”

“虽然我觉得会伤害到您，但还是要说，您认为自己的名头有多大的号召力？高峰文子的处女作，能卖出多少本？”

“求你了，这次就用它吧。”

我向手机那边的他低头请求。长长的沉默后，佐野回答。

“仅此一次哦。”

太好了。我现在实在做不下去创造性的工作。

“那么，我们来决定下这次刊载的范围吧。我觉得就从主人公去了朋友家的仓库，截在这里比较好。”

“也是，差不多是三分之一的地方。”

写的是去友惠家的事情，当然没有用真名。话说回来，坏掉的楼梯后来修好了吗？而且，保彦要找的小说究竟是什么？

我正在回忆着，佐野直接提了出来。

“老师，这个未来人寻找的小说是什么？”

“这个……”

“您还没想好吗？老师，这可是关键的信息啊！”

跟我说有什么用，最关键的是保彦本人都不清楚啊，我更不可能知道了。我诚实地说了出来，被佐野严厉地批评了。

“这就是我认为这部作品不行的原因。不合逻辑。故事情节，从未来穿越来的美少年，夏天的恋情，谜之小说，到这里都很好。但是结业式以后就是暑假，应该有很多的时间，可以专心找那本书啊。”

说的没错，我只是将现实的经历原原本本地记录下来。

“但是，旧校舍突然坍塌了，故事到此结束，时彦也回去了。为什么？”

园田时彦是小说里保彦的名字。我有点抵触用真名（虽说只有我知道他是未来人，但班上的同学都知道园田保彦这个名字），所以改了一个字。

为什么保彦突然宣布要回去，我也没有头绪。他来得突然，说要走也很突然。

因为没找到书吧？图书馆的管理员都没能找到。说到底，仅靠第一页就想找出这部作品，原本就是不可能的事。再加上遇到旧校舍倒塌，在这个时代吃尽了苦头，所以想回去了。差不多是这样吧。我如实告诉了佐野。

“完全没有说服力。老师，他所带来的谜之小说是故事的关键。如果不能与他回去的理由联系起来，故事就有漏洞，他来到 1992 年就没有意义了。”

“……说的是啊。”

我坦率地承认了。作为编辑，他的意见是对的。

“有个简单的解决办法，临走之前，他用涂改记忆的机器抹去了主人公的记忆。已经将时彦完全忘记的主人公，长大之后成为了作家，写下了那个夏天的故事。这部小说流传到未来被时彦发现。也就是说，他所要找寻的故事的后续，其实是他本人……写到这里可以收尾了。”

“主人公的记忆都被抹去了，还怎么写得出小说？”

“这就是爱情的奇迹啊。”

“……不会太草率吗？”

“您要做的不就是构思吗？”

“话是这么说。”

直觉告诉我，我不想这样写。

那是我的记忆，那个夏天的回忆，它不是虚构的。我把自己的回忆写成了小说。如果要更改故事结局，无论是了解“那个夏天的恋情”的人，还是作者本人，都是无法接受的。虽然故事的设定没有完全依托于现实（比如故事里的主人公是个美少女）。

“你对这部小说有那么多的意见，为什么还同意刊载呢？”

“前半段还是很有趣的，后半段不是很好。除此之外，怎么说呢，描写出色。”

“……”

“很真实。身临其境。虽然故事有漏洞，但从写法还是能看得出很有才华。换句话说，情节稍作修改，甚至可能是一部佳作。所以我觉得可行，但前提是您要改一改。”

真实……那是当然，本来就是现实发生过的事。

正因如此，我有些排斥修改情节，觉得是在改变过去。觉得是在扭曲史实，篡改历史。不对，它已经改变了。如果已经改变了呢？

“对了，之前说的跟踪狂……”

佐野突然转换话题。话题有些沉重，我感到后背一阵发冷，慌忙关掉冷气。

“有什么进展吗？知道他的名字了吗？”

“不，正相反。本来不该跟您说，但要是出事就晚了，所以我直说吧，事情越来越糟了。”

“怎么回事？”

“他打电话说见不到本人的话，至少让我见一下负责人。”

握着手机的手开始冒汗，因为我想到了佐野之前说过的“方法”。

“这是，你之前说过的……”

“嗯，他是想跟踪我吧。”

“疯狂的粉丝会这么过分啊？”

“谁知道呢？”佐野欲言又止，“那个人，有点奇怪呢。”

“当然奇怪了，做出跟踪这种事。”

“不是，不是说这个。我感觉他不是粉丝。”

“什么意思？”

“我没有见他，其他编辑去见了，还跟他说由于涉及隐私，作家的住址和真实姓名，未经作家本人同意是不能告知的。近期高峰老师要出新书了，如果您是粉丝的话，还请耐心等待。但他没有作罢，说什么我才不在乎什么新书。”

“……不是粉丝吗？”

“他的要求很奇怪，他也不说要见您，就想知道您的真名。而且不是姓氏，只想知道名字。如果不行，至少在最新一期的杂志放上您的近照。

他是这么恳求的。”

“照片和名字？知道了要干什么？”

“谁知道那种怪人想干什么。但他的要求仅此而已，要是再过分一些，要求您在新书里面放入近照，或者要求您开签售会呢？我们在想该怎么稳妥地解决。”

“我不想露脸啊……”

所以我也没办过签售会。一般来说，签售会都会在东京举办，可我现在不能离开静冈。

因为“我”还没有来。

“那我们这边先想想办法应付他。老师您别在意，继续工作吧。杂志的截稿日期是这周末哦。”

佐野再三叮嘱之后挂掉了电话。按掉按钮，我出神地看着手机。

对了，手机，我要确认一下。

过去的我没有来到现在。面对这样的异常情况，调查原因固然重要，但也要想好如何应对。

我在1992年7月21日吃下药片，在心里默念“十年后”，穿越到了2002年。但是，穿越到了哪一天？准确时间呢？我不清楚。

旧校舍坍塌是在结业式结束后，下午两点左右发生的事。所以，“我”穿越到未来的时间，很有可能就是2002年7月21日下午两点左右，但这一天已经过去了。

那个药片是保彦按照自己的身体调整的剂量，其他人服用的话，有可能无法准确穿越，导致时间产生误差。这个可能性也是有的。问题是误差是多少呢？

我拿好遮阳伞走出门，坐上电车回到老家向母亲询问。

“为什么要问这个啊？”

母亲一脸诧异。

“下一部作品的主人公，是跟妈妈你年纪差不多的女性。所以我想知道您一天的行动轨迹。”

“行动轨迹啊。”

母亲将大麦茶和羊羹端到我面前，而我坐在客厅里环抱双臂，这个房间有冷气。

“早上五点半起床。然后吃早饭、洗衣服，七点的时候送你爸出门。”

“白天干什么呢？”

“没什么特别的，雪子在家的时候，在客厅看看电视。她不在的时候，可能会出去买东西什么的。”

“过了正午，一两点的时候在做什么？”

“看电视剧。”

“重播？”

“对。”

“每天都是如此吗？”

“中午要看《笑笑也无妨》*，基本上会一直开着电视。已经成为习惯了，每天差不多都是这样。”

十年前，穿越到十年后的家里，那时家里没有人，电视也关着。只有客厅的阳台上有一个坐垫，上面放着一部手机。

尽管在这个世界只停留了五秒，多少还是有一点印象，家里的确一个

---

* 《笑笑也无妨》，日本富士电视台播放的一档节目。1982年10月4日开始播放，2014年3月31日停播，播出时间为周一至周五12:00—13:00。

人都没有。

“星期天呢？”

“和工作日一样。”

“休息日爸爸也在客厅？”

“在啊，你知道的，那个人，一到星期天，看完报纸就会坐在沙发上睡着。”

确实如此。我父亲就是这样的。

怎么回事？根本没有合适的时间点穿越回来。

十年前，我究竟穿越到了哪一天？不可能是休息日，因为父亲在客厅。工作日的白天，母亲基本在家。偶尔母亲出去买东西，妹妹雪子也可能在家。她是大学生，起床时间和出门时间都不固定，无法预测。

只有可能是 2002 年 7 月 21 日，我刻意制造的那一天，父母和妹妹都去温泉旅行的那一天。如果不是那一天，肯定会被某个人看到。十年前，我没有看到别人，也没人看到我。这次要穿越来的我，也应该如此。

“话说，美雪……那个要放到什么时候？”

母亲指着阳台。那里摆着坐垫和手机。7 月 21 日之后，就一直那样放着。

“这是什么巫术吗？我可没听说过，摆上坐垫和手机什么的……”

可我别无他法。那天手机没有被拿走，我只能赌一把，它可能会在“十年后的夏季，谁都不在家的某一天”被拿走。

所以我只能摆在那里，以便“我”随时来取。

虽然日期不记得，但季节不会有错，就是夏天，我的皮肤感受到了那个温度。七月结束后还有八月、九月初……

“这样没法关纱窗，蚊子都飞进来了。”

母亲发出抱怨。她说得对，这样下去不是办法。

“妈，我问你，手机一直在那儿吧？一直是那样子？”

“你说什么呢？手机会自己消失吗？”

是啊，它不消失才麻烦呢。

为什么它没有消失？为什么我没有来？

太离奇了。

“啊，对了，有寄给你的信。”

母亲站起来，走出客厅。我仍旧盯着那部手机。

过去改变了。为什么会改变？怎样改变的？

一头雾水。我甚至不知道什么变了，这种未知令人恐惧。

“给你。”

母亲递给我两张明信片。其中一张的背面是同学会的通知。

在这个苦闷的夏季收到同学会的通知，无疑驱散了一丝暑气。

“你们还没有办过同学会呢？”

“嗯。”

“这张明信片……太巧了吧。”

“什么事？”

明信片与信件不同，只要想看就可以看到内容。母亲已经看过了吧。我拿来另一张看去，惊呆了。那是法事的通知。

“小女敦子去世已近两年。

即将举行亡女三周年忌。

长谷川敏文 敬上。”

“长谷川……敦子……”我自言自语，“为什么？诶？”

“敦子遇害已经两年了啊。”

长谷川敦子，初中同班同学。她算是班上最漂亮的女孩子，很受男生欢迎。对了，那年夏天，她好像喜欢保彦，经常缠着他。当时我还有点嫉妒来着。

她竟然……去世了？不只樱井，就连长谷川也……

“等一下，长谷川，她死了？”

母亲惊讶地看着我。

“你在说什么呢？”

“什么在说什么？”

不知道，我真的不知道，我完全不知道有这样的“过去”。

“她被人杀害了啊，犯人还没抓到。”

“……什么？”

“你不是也出席葬礼了么？”

过去，改变了。被改变了。

“不会吧……”

我无法相信这一事实，在原地动弹不得。

我从藤枝站坐上了回静冈的电车。车厢内冷气充足，我惊愕不已，大脑飞速运转着。

不对。我根本不知道长谷川敦子去世了。

两年前，二十二岁的我是大学生，还没有写小说。我没有收到讣告，更不记得出席过葬礼。在我的记忆里长谷川敦子没有死。

樱井唯和长谷川敦子，我的同班同学在我不知道的时候去世了。

这是因为过去发生了改变吗？过去变了，进而改变了以后的事？我没有穿越到十年后，所以她们会死掉？

“没有联系……吗？”

也许十年前的我没有穿越来，跟她们的死毫无联系。

“可是……”

从2002年7月21日，十年前的我没有来的那天起，一切开始变得不正常。与未来人园田保彦相关的二年四班的同学，跟我原本的记忆发生了偏差，已经在过去死去了。

怎么想都不可能无关啊。但是，为什么？

（就算是“我”没有穿越到十年后……为什么她们会死掉？）

巨大的恐惧向我袭来，我的身体止不停地颤抖。已经有两个人去世了。

（莫非，还有其他人也……）

我实在忍受不住，在途中的烧津站下了车，逃出了凉爽的车厢。下车的一瞬间，傍晚的暑气立刻包裹住我的全身，令人不快。我摩挲着胳膊，等人群散去。确认站台上没人之后，我坐在长椅上，拿出手机，打给了林铃子。上次通话之后我们互留了联系方式，同学会的通知上也写着她的号码，不久电话便接通了。

“……喂，你好，是美雪吗？”

“啊，对不起，这个时候打给你。”

说完之后我才想起她是白领，下午五点，这个时间有点微妙，可能不适合长时间通话。

“现在方便吗？我有点事想问你。”

“嗯，方便，我正在休息。”

“……那个。”

我不知该如何开口。长谷川敦子已经去世了，在这个世界已是既定事实了。

“有关长谷川敦子的事情。”

“敦子吗？她怎么了？”

“听说她死了。”

“啊……”一阵沉默，“啊？什么？”

我反而被吓到了，原来她不知道啊。

“等等，喂，这是真的吗？”

“好像是。”

“好像……”

“三周年忌的通知寄到我老家去了。”

接着，我向铃子讲述了敦子在两年前遇害，犯人至今未落网等事情，她沉默了半晌。

“这，总感觉，樱井……”

不错，与樱井唯的情况极其相似。由于太过恐怖，我和铃子都没有说出口。

“呜啊，怎么办？我把同学会的通知，寄到敦子家了。是不是得打个电话啊？”

“打一个吧。话说，你之前打电话的时候，没听她家人说吗？”

“没打通，会不会是搬家了？啊，这样的话，通知会返回来的，那就没问题了吧。”

“啊，对了，正好要和你说。”

“嗯？”

“那个，我高中毕业之后不是去了静冈吗，所以老家的事情，几乎都不知道。所以，搬走的人……”

“怎么了？”

“其实，我工作有点忙嘛。而且，想知道有多少人出席……如果只有男生聚齐，女生几乎都不来，可能会有点尴尬。”

继樱井和长谷川之后，或许还有其他人。在我不知道的过去……死亡。

“出席情况的话，我才刚把通知都寄出去，还不知道呢。”

“但是，你为了确认地址打过电话吧？有没有人搬走啊？”

“有啊，但很少有搬到别的县的人。啊，男生的话，有几个搬到东京了，阿茂也在东京。”

“啊，这样。”

“这么说来……只有室井吧。”

“室井？”

我没反应过来，对他没什么印象。

“室井大介，就是棒球部的那个。”

“啊啊……”

恍惚中想起了他的脸。对了，有一次他打中的球向保彦飞过来，保彦用保护屏障挡掉了。室井都愣住了。我只能想起那个时候他的样子。

“他也去世了。”

我倒吸一口气。

“不、不会是……”

“不是不是，室井是遇到了意外。他大学的时候加入了登山社团，在赤石山脉登山的时候遇难的。不只是他，还有好几个成员也遇难了。上次打电话的时候听说的。所以室井的死是意外。”

“这样……”

虽然很对不起他，但我安心了，他不是被杀害的。与穿越的事，没有任何关系。无论如何，也不大可能引起这样的意外。

此时，与我的心情正相反，天空划过一道闪电。原本乌云密布的天空，突然落起了雨，同时伴随着雷声。夏天傍晚的雷阵雨。

风把雨水刮到站台上，不一会儿，站台就打湿了。

“不过……”雨声中，铃子的声音像是从远方传来，“给室井家打电话的时候，把我吓坏了。”

“怎么了？”雨声太大，我听不清她的声音。

“……说是他的幽灵出现了。”

不祥的预感。

“那是什么？”

“而且那个幽灵，是初中时候的室井。”

“……”

“前不久，穿着初中校服的室井，就站在自家的院子里。他的妈妈看到以后，直接晕倒了。幽灵转眼就消失了。”

转眼……消失了。转眼……是多久？

雨水带来一阵冷意，风声令人毛骨悚然。

“我打电话的时候，他妈妈特别兴奋地讲了这件事。还问我同学会的时候，她能不能抱着大介的灵位出席。她说儿子的灵魂出现了，而且还穿着初中校服，证明他还没有成佛呢。别开玩笑了……”

室井大介的幽灵。

瞬间不见。

突然的雷阵雨使气温降了下来，骤雨平添了几分夏日的诡异气息。

（……因为）我摩挲着胳膊。（转眼消失，那是……）

两只胳膊上顿时起了密密麻麻的鸡皮疙瘩。

6

1992年③

REWRITE BY HARUKA HOJO

7月18日傍晚，在寺庙举办的祭典开始了。这是提前庆祝盂兰盆节的活动，本地人都会参加。通往寺庙的参道两旁排满了小摊，身着浴衣的年轻女孩们成群结队地闲逛。戴着面具的小孩子们跑来跑去，附近的广场上正为盂兰盆舞做准备。不知从哪里传来笛子的伴奏，围在高台下面的孩子们爆发出欢闹声。一个无比热闹、人声嘈杂的夏夜。木屐轻快的声音，传递出庆典欢乐的气氛。

摊位上人头攒动，乡间的夏日夜晚，祭典的灯光不停闪烁，将商品衬托得更加鲜艳夺目。

闪着红光，活蹦乱跳的金鱼，流行动画角色的面具，一支木棍不一会儿就变成一个棉花糖，炒面的热气与酱料的香味引得人食指大动。孩子们手拿巧克力香蕉和大碗刨冰，边走边吃。大人们则拿着罐装啤酒和烤串。新出锅的章鱼烧令人直呼烫嘴，烤得刚刚好的玉米叫人忍不住咬上去。

面对眼前的场景，未来人被迷住了。

园田保彦瞪大眼睛看着，样子有些异常。他注视着人群与摊位，尤其在看到身穿浴衣的女孩时，当场愣住，嘴巴都合不上了，眼睛一眨不眨，几乎眼睛都要干涩。有个小孩子走到他的脚边，举着软软的棉花糖，像是看到怪人一样盯着他，棉花糖粘在孩子的小嘴上，可爱得不得了。

“我、我……”

保彦怯懦地说。

“我也可以参加这、这个活动（event）吗？”又急忙改口道，“不、不对，汉字是……”

“笨——蛋，当然可以了。话说什么汉字啊。”

穿着灰色男式浴衣的酒井茂惊讶地说。

“因、因为，民族服装（costume）……不对，汉字是……民族服装！不穿这个的话不可以参加的吧？你们也都穿着。”

不错，她也穿着浴衣。白底的单衣上是紫阳花的图案，腰封上别着一把团扇。

酒井茂捏了捏自己的浴衣，恍然大悟般“啊”了一声。

“这个怎么说呢，是日本人的习惯，不是什么民族服装。”

“穿、穿校服也能参加吗？我只有校服。”

“不要在意衣服什么的，也有穿短裤和 T 恤的人啊，很随意的。”

酒井茂说完，保彦脸上绽放出笑容，一句话不说便冲了出去，奔向欢快热闹的祭典当中，消失在二人之间。

“不好意思啊，好像打扰你们约会了。”

保彦不见后，酒井茂对身边的她说。

“没什么，本来班上的人都会来的，没办法约会啦。”

“保彦身上有钱吗？就那么跑了。”

“谁知道呢，就算只是看看也会觉得好玩吧。他不是在国外长大嘛。看够了就会回来。”

酒井茂提议要随便转转，便消失在人海里，瞬间不见了。站在旁边的她也要参加，慢慢地走动了起来。

看到这儿，我从树林中走了出来。我穿着纯黑的长袖上衣和黑色牛仔裤，头发也绑起来，藏在黑色的帽子里。因为胸部很平坦，这样就看不出性别。将帽子压低一点，熟人也认不出我吧。

我悄悄抬头看着天空。七月的天，晚上七点。天色还未全黑，但终究还是会笼罩在黑暗里的。根据书中所写，天黑之后，那件事就会发生。

我注意的对象是转学来的未来人——园田保彦，如果有可能，还要妨碍他的约会。没错，保彦在祭典上玩够了之后，就会和“她”一起离开摊位，到鲜有人至的地方，与“她”交谈。书里面是这样写的，所以我要盯住他们，看事情是否真的会如此发展。

如果就像描述的那种情况，到时……

（什么描述不描述，我已经按书里的样子做了……）

昨天晚上，保彦打电话给我说“明天，我们一起去庆典吧”。如同书里一模一样。

（我回答“反正我本来也打算去的”，保彦没说什么……也就是说……）

我窃笑一声，走出树林，混在人群里闲逛。路上有几个熟人和我擦身而过，没有被他们发现。就算我不穿成这样，也没有同学会跟我打招呼。

不一会儿，我发现了保彦。他在射击的摊位前，样子很慌张。

“喂、喂，等等！这个国家，可以违法保有枪支吗？”

“笨——蛋，那是假的啦。”

被酒井茂吐槽之后，保彦又望着章鱼烧的摊位上快速飞舞的钢签。

“……阿茂，不可思议。我觉得这个食物，和刚才那个平平的、和软饼一样的东西，食材是完全相同的。”

“看破不说破嘛。”

又被酒井茂吐槽了。这次，在红豆饼的摊位前，看到饼皮里的馅料，保彦惊诧地说：

“……亚由美，不可思议。我觉得这个食物，和刚才那个烤成鱼的形状的东西，食材是完全相同的。”

“……嗯，所以这两个摊子离得比较远。”

保彦不解地看着亚由美，又看了一圈周围的摊子，自言自语起来：

“难以置信。”

“什么啊？”酒井茂问。

“就是，那个软饼，上面点缀着绿色的东西的那个。东西还算好吃，但为什么每家店都打着‘广岛风味’的招牌？除了广岛风味，没有别的口味吗？”

“没有了吧，如果不是广岛风味，就算不得是正宗的御好烧了。”

“这样说来，在小摊上还没见过普通的御好烧呢。”

三人笑成一团。我在远离喧嚣的地方看着这一幕，断断续续地听着他们的对话，尽管是夏天，仍感觉一身寒意。

“……一模一样。”

真的一模一样。和“那个”上面的台词。

当然不会每字每句都精准不差，措辞和语气多少有些差别，但内容是完全一致的。

我打了个寒战。这是什么情况？

与此同时……

若是内容完全相同，就可以跟踪保彦。不仅如此，甚至可以做些别的。

在我沉浸于思考中时，三人的身影不见了。但我并不慌张，因为我知道接下来的发展，毕竟我读过几十遍了。

“果然在这儿。”

我一边回忆内容，一边走着，看到那两人果然在那个地方。我的嘴角不自觉地上扬，我知道一切，“未来”掌握在我的手里。

我凑近到可以听清两人对话的地方，藏在树丛中。我穿着一身黑，这附近也没有灯光，周围一片漆黑，只要不出声就不会被发现。

我竖起耳朵。

“……话说亚由美，我有件事想问你，吃饭的时候想起来的。”

“嗯，什么事？”

保彦和亚由美在寺庙附近的公园里，周围空无一人。

“咱们班上，有个人吃的饭很奇怪。”

“饭？你是说学校的供餐？”

诶？

“对，供餐。一开始我以为那个人是自己想那么吃的。毕竟我那时候还不太了解这个时代嘛。但是我到这儿来也有段日子了，所以懂了。”

这是什么？和书的内容不一致。

“再怎么说，没人会把牛奶全都浇到饭上再吃吧。而且，不是她自愿这么做，是别人做的。”

我的脸色瞬间刷白。

亚由美的表情，恐怕也和我一样。

“那个嘛……”亚由美小声道，“这样啊，未来是不会发生这种事的啊。”

为什么？不对。“未来”不是这样写的。这个场景本该是保彦问她回到未来的时候，要不要抹去全班同学的记忆！

而且，餐食上浇满牛奶，这是……

“这种行为是‘欺凌’。我从未来带来的字典上没有这个词，所以一开始我并不能理解。”

“其实，那个女生，雨宫她也没做过什么。只是性格比较内向……不，是阴暗，也不怎么与人说话，总在看书……”

“所以她就成了你们欺凌的对象？”

“欺凌不需要什么理由啊，不管是女生还是男生欺负她，她都不会反抗。”

“她不是反抗过吗？”

是的，反抗过。

“有一次，一个男生抢走了她正在读的书。她说‘还给我’，那个男生没有理会，甚至抓她的头发……呃，是叫麻花辫吗？抓着甩来甩去的。很明显是侮辱行为，但没有一个人阻止他。”

是的，那群家伙不可能阻止他的，所以……

“所以我出面调停了。那个男生尴尬地松开了手。”

是的，他救了我。对不起，保彦，没能和你说谢谢。

“保彦，你来自未来。”亚由美说，“你不了解这个时代，可能你也不太明白班上的那种氛围。”

她说氛围？

“你说氛围？”保彦的声音带着怒气，“氛围！啊，我最近刚记住这个词。是叫顺势而为对吗？配合那种氛围……亚由美，不好意思，我认为这是一种很低级的行为。无论是那个欺负人的男生，还是冷眼旁观的其他人。真的很差劲。”

不愧是他。只有他。我只有他。

我握紧保彦送给我的项链，下定了决心。

“但是，已经没办法改变了啊。”亚由美用几乎听不到的声音说，“我去阻止的话，下次被欺负的人可能就是我了……我不想掺和进去。”

不知不觉中，我听到自己咬牙切齿的吱吱声。我的恨意几乎要爆发。

不想掺和？我记得你……增田亚由美，保彦转学来之前，你就在欺凌我了。女生之所以减少了对我的欺凌，不过是觉得保彦很帅气，不想在他面前那样做，担心保彦对自己印象不好罢了。

“据我的观察，跟她关系不错的，只有大槻。”

是的，只有她。

“为什么不能像她那样做呢？你也说了，雨宫本身并没有做过什么啊？”

“美雪，美雪她偏袒雨宫同学……只不过想在你面前表现自己的体贴而已！”

我听到大脑里中的某根弦断掉的声音。

“亚由美！”保彦似乎生气了，“你说这话是认真的吗？”

“我，那个……”

亚由美沉默了。我无法允许这种沉默。

我的脑海里只有复仇两个字。那些欺负过我的坏人们。

我一定会……让你们后悔。

之后，在小摊上买东西的酒井茂回来了，三人吃过章鱼烧和苹果糖之后，酒井茂看了一眼手表。

“盂兰盆舞开始了。保彦，你会跳吗？”

“跳舞？”保彦歪歪头，“我不信教。”

“哈？”

“舞蹈，起初不是献给神的吗？那个，汉字是……”

“笨——蛋，你在说什么啊？好了，我来教你，走吧。”

三人走向广场，不知何故，酒井茂中途走散，又只剩保彦与亚由美两人了。

两人在人群里穿梭。这时亚由美说“从这边走更近些”。

于是，她带领保彦走到了树林里。亚由美家就在附近，肯定对这一带很熟悉。但是她的目的是跟意中人保彦在夏日的树林里独处。

我抢先一步，已经藏身在树林中。

“我想继续刚才的话题……怎么了？”

亚由美捂着头。

“没事，什么东西打到了，是虫子吧。”

“这样啊。那……”

“好痛！”

亚由美结结实实地叫出了声。这次我扔出的石头，比刚才那块更大。

“什，什么啊？”

“又是虫子？”

“不是，很坚硬，不是虫子。”

夜晚的树林郁郁森森，也没有路灯，根本看不清飞来的石头，也看不清全身黑色的我。

但站在一个地方扔石头还是会被怀疑。我停下了手。

“没事吧？诶？这是什么？”

“虫子吧。啊，出血了……”

亚由美的额头渗出鲜血，她正要掏出手帕，保彦已伸出手，不知从空中抓了什么，放在她的额头上。

瞬间，伤口消失了。

“……好厉害。”亚由美吃惊地说。

我也睁圆了眼睛。未来的技术竟然可以一秒消除伤口，确实厉害。

“未来的技术真的进步了好多哦，”亚由美发自内心地佩服道，“还有那个药，不仅可以穿越时间，也可以穿越空间对吧？”

“穿越空间啊，倒是可以。”

“那不是可以随便旅游嘛！啊！对了，放暑假以后，我们去哪里旅游吧？”

听了让人火大的对话。我本想扔个石头便算了，这个亚由美说什么不好，竟然提出要一起旅游。

那明明是我的保彦。

我记得不远处是一片泥潭。趁她不注意的时候走过去，把她推到里面吧。只要我跑得快，不会被发现的。

想到这儿，我准备往那边挪动，这时保彦说道：

“旅游是不可能的。我说过的吧？除了我以外的人，都只能穿越五秒。”

亚由美愣在原地。

“诶？什么？”

保彦也停住了脚步。

“哎？我没有说过吗？”

“嗯，第一次听说。”

保彦抱着胳膊，嘴里不停嘟囔着，像在思考什么。

“保彦？”

“……糟了。”

保彦再次将手举到空中，取来了一个机器。

“对不住了，亚由美。”

“哎？”

“我搞错了。现在我要改写你的记忆……我曾在 4 日那天早上对你说过。”

“哈……”

保彦将机器朝向亚由美，瞬间有光闪过，亚由美站在原地，眼神变得空洞。

什么情况？

不对。刚才也是，书里根本不是这样写的。

我混乱了。这和我知道的“未来”不一样。

保彦轻轻靠近亚由美，低声道：

“增田亚由美。你在 7 月 4 日早晨，与我交谈时得知‘穿越的药是按照我的身体调整的剂量。其他人服用的话，也只能穿越五秒’。记住了吗？你知道只能穿越五秒。”

保彦离开亚由美，又有光闪过。亚由美的眼睛恢复了神采。

“……呃？”

“咱们刚才在说，除了我以外，别人都不能吃穿越的药。”

“啊，对的。”

“你清醒一点，要是误用了会很麻烦的。”

我不知该如何理解眼前发生的这一幕，躲在黑暗中，大脑一片混乱。

刚刚，保彦修改了亚由美的记忆。为什么？

应该是无关紧要的事。可是，就算要解释药的事情，也没有理由非得改在 7 月 4 日吧？就算现在才知道也没有问题吧。那为什么……

如果，要锁定一个准确的日期……

这一刻，直觉使我在脑海中建立起一个假设，如同命运一般。

莫非。

若是如此。

我正出神地思考的时候，两人走远了。等我反应过来，四周一个人也没有。我“喊”了一声。估计他们到了跳舞的广场了吧，追也追不上了。

但是，如果我刚才想的是真的……

如果顺利，说不定……

将保彦……

“笨——蛋，当心啊，保彦。”

心脏剧烈地跳动起来。树林的另一个方向传来了声音。

是酒井茂。

“准备个剧本什么的，不是更好吗？用未来的技术就能办到吧？”

“不行的，我又不是演员。”

那是保彦的声音。

为什么？他不是和亚由美在一起吗？

声音越来越近，那阵香气也越来越近。

薰衣草的香味。

“总之还有三天。要注意下台词和日期，其他的可以随意发挥吧。反正内容已经定下来了。”

“没错，未来已经是确定的了。”

“就是击球这事比较难办。确定方位了吗？”

“这个嘛……”

声音停下了。

本能告诉我，危险，快跑。

我无意中听到了不该听的事情，看到了不该看的事情。

我正要跑，肩膀被人抓住了。

回头一看，是酒井茂。他使劲儿按着我的肩膀。

“什、哎……”

为什么会知道我的位置？明明树林这么暗，我又穿了一身黑色，酒井茂也没有拿着手电筒。

“雨宫，你为什么会在这儿？”

“那、那是……”

“保彦！”

随着酒井茂的呼喊，保彦从他身后出现了，面无表情，手里握着一台机器，刚刚修改了亚由美的记忆的机器。

“不好意思，我要消除你的记忆。”

他将机器朝向我。

“雨宫友惠。”

7 2002年④

REWRITE BY HARUKA HOJO

“——友惠，这是什么？”

对了，那是敦子去友惠家玩的时候。

敦子和友惠，在学校没有任何交集，所以我记得很清楚。

那时候，保彦也在。

“园田同学和……要回去了，我去送送他们。”

说着，友惠走出了房间。

哎？

是敦子来着？

又好像是樱井唯。

又好像是林铃子。

还是增田亚由美来着？

总觉得当时室井也在场。

那个夏季的某天，星期日。我闲居在家里，突然心血来潮要去友惠家还书。虽说星期一去学校时还给她就好了，但不知为何，我觉得必须现在非还不可。于是，我骑上自行车去了友惠家。

到了以后发现，保彦和敦子？铃子？亚由美？还是樱井？

——哎？

算了，总之是两个人在找一本书，专程跑到友惠家里找她商量这事。保彦他们说这就要走，于是我被友惠请到她自己的房间里。友惠喜欢读书，她的房间里陈列着三个巨大的书架，每一层都摆满了书。她的藏书里很少有漫画，多是小说，还有一些科幻小说。我不读科幻，也没有借过，不过那段时间友惠确实沉迷于科幻小说。

友惠说要去送送他们，这时，我无意中看到她桌子上的一本书。不知为何，我被它吸引了。

书皮好像被摘去了。友惠很爱护自己的书，从书店买回来以后，都会包好书皮保管起来。我曾问过她，这样不就不知道是哪本了吗，她回复道自己是通过摆放的位置记住的。因此，她的房间里有一本没有包书皮的书，实在稀奇。或许是因为这个，我才被吸引了吧。

我拿起书来，读完了序言的部分。内容几乎不记得了。只是……

开始阅读的时候，不知何处，飘来一阵幽香。这件事我记得很清楚。

甜美又清冽的花香。强烈却不刺鼻。

那似乎是薰衣草的香气。

友惠送走了二人，回到房间，惊愕地看着我。

她的表情变得狰狞，从我手中夺走那本书，打了我一个嘴巴。

“卑鄙！”

那样沉稳的友惠，对我这个好朋友动了手，还骂了我。

“怎么能随便看别人的东西！”

“……嗯，是啊。”

刚说出口，我意识到这是个梦。

我平躺在床上，看着白色的天花板。不是那个十四岁、正值青春的中学生，而是已经二十四岁，已经结婚的作家。

我坐起身，想了一阵。那像是梦，又不是梦，是真实发生过的事，只是在梦中又重演了一遍。樱井唯、长谷川敦子、林铃子、室井大介，也许是因为最近总听到这些熟悉的名字，才会梦到初中的事吧。

“友惠……”

对了，在那之后，友惠再也没有理过我。

我不知道原因。只是因为我未经允许看了那本书，她的情绪便那样激动，甚至跟我这个好友绝交。

“是这样啊……”

我恍惚回忆起了那本书。

“那本小说……”

所以我……

此时一阵困意袭来，我的眼皮逐渐沉重，再次睡了过去。

十点左右，我醒了，昨晚那个梦的内容，以及有关“那本书”的记忆都消失了。可这明明是一切的开始。

从床上坐起来，我歪着头思考。

刚才的梦是怎么回事？总觉得非常、非常重要。

这种感觉似曾相识。改小说的时候，编辑说“请这样改”，便按他说的做了。改完之后，编辑又说“还是改回原来的样子吧”。

就算让我改回去，我都已不记得原来是怎么写的了。最终，无法改回原来的内容，只得换了写法。不错，这两种感觉极其相似……

“不过，就是个梦嘛。”

那个时候，友惠被班上的同学……

“……不。”

这是令人不快的记忆，我不想回忆。

终究要面对现实的问题。我转了转脖子，站起身，将一杯冰牛奶一饮而尽。

“一个人在家就这么孤单？”

这段时间总往老家跑，母亲看着我抱怨道。

“章介还不能回来吗？那个，是非洲吗？”

“不是，南美。”

我啜着冰过的大麦茶，答道。

8 月 24 日，我坐在老家客厅的沙发里，表情严肃地盯着阳台。为何会这样严肃，是因为手机还在阳台上。

都已经 8 月下旬了，还在那儿。

也就是说，没人来取。

为什么？

“啊，对了，妈，我想问你室井的事。”

“谁？”

“室井大介，我的初中同学。”

“室井……”母亲自言自语道，露出嫌弃的神情。

“怎么了？”

“你不知道吗？”

“知道什么？”

“室井不就是那孩子吗？那个小混混。”

晴天霹雳。我认识的室井，是个淳朴的棒球少年。

“高中的时候，他的名声很不好，胡作非为，家里人为了他头疼的不得了。”

“具体做了什么？”

“把女孩子搞怀孕了。”

“啊……”

“而且不是一个人，有好几个。”

“什么啊……”

跟我的记忆也差太多了。

时间果然会改变一个人啊。小学和初中那么熟悉的同学，长大后竟然变成了犯罪者，想想都难受。而且怀孕……

“呃，不行了。”

为了抑制想吐的感觉，我咽下一大口大麦茶，强行转换心情。不行，我要做点别的，不去想这些。

“妈，我出去转转。啊，阳台上那个不要动哦。”

“要摆到什么时候啊……”

我像是逃避母亲厌烦的表情一般，在玄关飞快地穿上人字拖，跑出家门。

在家门口转了转脖子和手臂，我随性地溜达起来。十年来，冈部町也变了不少。

虽说是乡下，冈部町曾经也是东海道出名的驿站。国道一号线也从此经过。最近，听说烧津和藤枝要合并了，估计也就是改个名字，不会有别的变化。但是，也有一些改变。便利店增加了许多，初中的时候是没有的。还多了许多染棕色头发的女生。

我在水泥路上走着，蜻蜓已经比蝉还多了，此刻眼前就有两只蜻蜓正在交尾。我切实感受到夏天就要结束了。

工作进展得很顺利。作为单行本发售的《穿越时空的少女》经过修改后得到了佐野很高的评价，顺利地刊载在杂志上。现在还未收到读者的反馈，估计会是好评吧。前些天一直在回想过去的事情，初二那年夏天的感觉和气味在脑中不停浮现，因此稿子改得特别顺畅，连我自己都惊讶。文中的夏天的情景，唤起了我的怀旧情绪，甜蜜、青涩又有些微苦、感伤。特别是祭典的那一幕，重写的时候，我眼眶都湿润了。在二人独处的场景中，保彦暗示了别离。

想着这些，我穿过绿油油的田地。这时佐野打来电话，我走到树荫下，按下接听键。

“反响很好啊，老师。”佐野的声音很兴奋，“我和主编说明了原委，而且告诉他稿子已全部完成了，他还催我们赶紧出书，圆满解决啦，太好了！”

“是啊。”我点点头。毕竟是我的得意之作。

“有些事情，需要找您确认一下。首先是题目，就用《穿越时空的少女》可以吗？没有改动吗？”

“嗯，我觉得可以。”

“好的。那封面拜托T来做吧，他干活我挺放心的。然后，关于改稿的事，还要再碰下面，最近我会去一趟静冈。”

“那就拜托啦。”

“没问题。嗯，然后，说完好消息再说这个，可能会让您不舒服……之前说的那个跟踪狂，终于现身了。”

夏末的阳光穿过树叶打下来。听了他的话，我吓了一跳。

“哎？真的吗？”

“是真的。但还是被他跑了。”

“怎么回事？”

“是这样的，那人跟疯子似的。咱们公司的大厅不是谁都可以进嘛，有一天，有个从未见过的男人一直徘徊在大厅的角落里。一直待了好几个小时。他不看表，也不像是约了人。前台的人说要不还是叫保安来吧，这时候我正好下班，要出大厅。”

“然后呢？”

“那人上来拦我，让我告诉他高峰文子的真名。”

我深深叹了口气。

“你是我的责编的事暴露了啊。”

“我也不清楚他是怎么知道的，应该是暴露了。然后我急中生智，叫来了保安。保安正要问他话，他就跑掉了。对不起，我应该问问他的姓名。”

“是个什么样的人？”

“就是个普通男人，长得还有点帅呢。年纪在二十岁到二十五岁吧，个子很高，声音低沉。特征大概就是这些。所以，您身边如果出现这样的男性，一定要当心。”

“但是，也没有其他特点了啊？”

“反正只要有帅哥接近您，就当心点吧。毕竟您是人妻了嘛。”

“我说……”

如果有帅哥毫无理由地上前搭话，会有女性不戒备吗？

挂掉电话，我有点苦恼。在冈部町，有外来人员出现，一下子就会知道，我并不担心。问题是回到静冈以后该怎么办呢？

我边想边走，不知不觉中走到了 N 中学的校门口。现在是暑假，校门紧闭。从操场那边依稀传来训练的声音，不知是棒球部还是足球部。我绕到操场这里，看到学生们穿着熟悉的运动服，活力满满地奔跑着。校舍里面传来铜管乐队演奏的乐曲声。抬头看看母校上方的天空，一朵大大的积雨云飘在校舍与群山后。夏天的校园，有一种青涩的气息。

“对了，那个那个。”我想写的，“对，旧校舍……”

妹妹说那里如今变成了俱乐部。既然来了，就去看看吧，我迈开了脚步。

“……是那个吧？”

重回曾经旧校舍所在的地方，的确有一栋像俱乐部的建筑。我看着它百感交集。建筑虽然变了，但周围的光景与十年前几乎别无二致。

我想从别的角度观察这栋楼，正要走时，听到第二个人的脚步声。我下意识地向那个方向看，心里扑通了一下。

一个穿着黑衬衫、黑西服的男人站在不远处。他个子很高，头发推得很短，戴着墨镜，看不清长相。

我不会被盯上了吧？在我思考要不要逃跑前，他注意到了我。

“嗯……”

他发出了短促的一声后，一动不动地注视着这边。我不由得向后退。

“是美雪吗？”

他低声道，摘下墨镜。我对他的脸没有印象。

不对，我认识……吗？

“你、你是……？”

“笨——蛋，是我啊，阿茂，酒井茂。”

说罢，阿茂微微一笑。

“啊，我是去了东京。在一家不怎么样的杂志社当写手。现在还是个新人。”

说着，他点了根烟。

阿茂说许久没见，想聊几句，于是我们走到了树下的阴凉处。我从自动贩卖机买了一瓶水动乐，拧开盖子，喝了一口。

“你可不能追求我哦，我已经结婚了。”

“笨——蛋，谁要追你啊。”

中学时代，我和他并不熟。但能在此相遇，仍然有股情感涌上心口，自然地熟络起来。他变了很多，这也是很大的原因。

以前他的个子不算高，现在已经蹿得很猛，问了下足有一米八左右。体格也很好。挺拔的个子，精悍的面容再加上墨镜，确实很帅。

“不过，你现在也算是美女。”

“我已经结婚了哦。”

“笨——蛋，是恭维你的。”

我们相视而笑。

我和他都是离开家乡的人了。我问他为何返乡，他说是为了祭拜。

“太忙了，盂兰盆节的时候没能回来给我爸扫墓。想着夏天结束前怎么也得回一趟。”

“令尊……”

“我大二的时候，脑梗去世的。”阿茂喝着可乐，“所以我交不起学费，退了学，经学长介绍找了份工作。”

“大二的那一年，好像樱井也是……”

“嗯？啊，是啊，她被杀害了。我爸也走了，所以那段时间挺忙的，说好要办同学会也告吹了。”

“嗯……我听铃子说了。”

“对了，说到同学会的事。”他吐了口烟，“你要去吗？”

“嗯，我打算去的，不过……”

“不过什么？”

“樱井和长谷川，男生有室井，这些人没法出席啊……永远无法出席。”

“是啊。”

抽完一根，阿茂点了第二根烟，沙哑地说道：

“没办法啊，都十年了，有人去世也不意外。”

“但是，我没法相信她们会遇害。而且，杀害她们的犯人都没有找到。”

“这个社会不怎么太平啊。”

“话虽如此。”

“同学会的时候不要提这事，跟樱井和长谷川关系不错的人也会来的。”

“嗯，我知道。”

我点点头，喝了一口水动乐。冰凉的液体流过我的喉咙。

“没想到旧校舍真是大变样啊。不错啊，挺干净的。我们那时候把吃剩的面包放在旧校舍的活动室里，一天就长霉，那个环境真是太差了。”

“是啊，那么老旧的楼，挺臭的。”

“偷看女生网球部的最佳位置，也用不上了啊。”

“……还有这种事？”

“有啊，顺便告诉你，女生更衣室那边也有。我的学弟里，还有些好色的家伙在那里偷看呢。”

“变态！下流！”

“别这么说啊，青春期嘛。”

阿茂吐了口烟，笑得很快活。我们又畅聊了一会儿初中的事情，一些只有男生知道的事情，女生无法得知的事情，之后又聊到下星期的同学会。

“细田老师也会来呢。”

“啊，老师还没退休吗？”

“不，已经退了。最近在忙乡土史的编纂工作。他不是教历史的嘛，说是哪怕自费，将来也想把书出版呢。他找过我说这事儿。”

细田老师，社会科的历史老师。

回想那一天，7 月 3 日早晨，若是细田老师没有偶然让我去旧校舍取教具，我也不会遇到穿越而来的保彦。这样说来，如果我和他的相遇是命中注定的，那老师的做法也是冥冥之中被安排好的吧。

忽然，我看向校舍的方向，那是园艺社团种植的吧。紫色的花朵在随风摇晃，与白色的校舍相映成趣，像一幅夏季风景画。花香也淡淡地飘了过来。

“薰衣草……”

紫色的花朵。那阵香气。曾经的旧校舍。

我想起了那年夏季的恋爱故事。

“保彦……”阿茂嘟囔着，“你还记得吗？初二夏天，只待了一个月的转校生。”

“嗯，我记得。”

我假装平静地答道。岂止记得。

“那家伙，第一学期结束后就转学了。我跟铃子商量同学会的事，说到要不要给他也寄一份通知，但不知道他的地址，电话也不知道。”

“他本来就是外国人嘛。”

“我问了 N 中的教务处，请教务老师查一查他转去哪里了，是否离开了日本，但都无法查到。一点记录都没有。这是怎么回事啊？”

不可能留下记录的，他把有关自己的一切痕迹都抹掉了。他只在我的记忆里留下秘密，便回到未来去了。

“所以，他也来不了同学会。真遗憾啊。”

“也没什么……”

“哦？我本以为他不能来，你会很伤心的。”

“……为什么啊？”

“他那时候，不是和你关系很好嘛。”

“要这么说的话，阿茂你跟他也很好啊。”

与他走得最近的男生就是阿茂。

“没办法啊，他本来就是外国人，也不能因为区区的同学会，就把人家叫回日本吧。”

“嗯，说的是啊。”

其实他不是从外国来的，而是从三百年后，但我不能说出口。

这时，我的手机响了。看一眼来电显示，又是佐野。我中断了和阿茂的对话，接起电话。

“是我，又有什么事？”

“啊啊，不好意思，刚才忘说了，校样的事。”

“单行本吗？太着急了吧，杂志才发行了几个星期。”

“主编想趁热打铁嘛，说是正好符合这个季节，就在夏天出了吧。”

“夏天已经结束了。最快也得九月了吧？”

“主编的意思是趁暑热未散啦。所以，我现在发过去。”

“什么时候要？”

“一个礼拜内。”

“哎？等、等一下。这是一校吧？还要二校的吧？”

“当然。”

“我的计划……这样会忙疯了的。”

“是吧。”佐野不以为然，“用一周时间一校，大概五天之后把二校的稿子发给您。您再用五天时间快速地完成二校。那么老师，请您加油。”

“真是的……”工作增加了。我想着接下来的安排，挂了电话。

“喂，刚才的电话。”

“啊，不好意思，工作电话。”

“你……美雪，你在做什么工作？你不是结婚了吗？不是家庭主妇吗？”

“姑且算个主妇吧。”

我向阿茂解释了自己如何在大学时出道成为小说家，走上职业道路，如何与章介步入婚姻。

倾听的过程中，阿茂一言不发，只是用格外认真的眼神注视着我。

“……怎么了？我当小说家，很奇怪吗？”

他的样子太不正常，我没忍住问出了口。阿茂先是“不，不”地否认，接着小声道：

“没什么，我也做这一行，按理说应该会听过你的名字，但完全没印象啊。”

“虽然都是写东西，但业界不同嘛，很正常。”

“也是。话说你是用本名吗？有笔名吗？”

“不告诉你，我不想让认识的人看我的书。”

“告诉我吧，要是能拍成电影，可是给家乡争光啊。”

“不要。”

之后又持续了几次这段对话，最终还是没有告诉他我的笔名和出版的作品名称，因为太羞耻了。阿茂说要帮我宣传，求我告诉他，还说要在同学会上拿这件事起哄，缠着我问了半天，结果我还是没说。

“我要回去了，烦人！”我把空饮料瓶扔进垃圾箱。

“喂，你刚才的语气，好像我是你的出轨对象一样。”

“同学会再见吧。拜拜！”

“我要在同学会上跟大家说，你成了作家哦！”

“你好烦！”

“反正大家会问你的职业嘛，告诉我吧！”

“不要！”

我笑得像个初中生一样，离开了原地。空气流动起来，紫色的香气散掉了。

美雪走后，阿茂在原地坐了半晌，思考着什么。

阿茂吸了好多烟，看着脚边的烟头堆成的小山，他啧了一声。

“在母校门口，抽太多了啊。”

也难怪。美雪，那个女人成了作家，小说家。

这是绝不可能的。如果保彦对我说的是真的。

“不，小说家没有问题。但是……”

作品呢?

已经出版了吗?

“我得查一下……”

阿茂慢慢站起来。距离同学会还有一周多的时间，还来得及，请业界的熟人查查就知道了。

“保彦……事情好像变得麻烦了。”

那年夏天的记忆，开始苏醒了。

“——阿茂，我有话想和你说。只和你说，真的只有你。”

阿茂本不打算说的，他想把这个秘密藏在心里，带到坟墓里去。

但是，美雪。

“只有美雪……不可以。”

阿茂当天便返回了东京，顺利查到了石田美雪，即作家高峰文子的简介。

第二天，他知道了跟踪高峰文子的人究竟是谁。

为了完成《穿越时空的少女》的后续工作，第二天我返回了静冈。上午，我收到了一校的校样，整天都在专心工作，回过神来已是晚上。因为前几天回老家，没有去买东西，冰箱里空空如也。

看了一眼时间，晚上九点半。大型超市已经关门了。我放弃采购食材的计划，准备去便利店买点吃的当作夜宵，便出了门。

从便利店买了便当和茶，回家的路上，我觉察有点不对劲。这一带治安算是太平，周围居住的多是老年人，这个时间基本已经就寝，关掉了家里的灯。月亮藏在云后，只有路灯亮着。而且，十分寂静，所以我感觉到了。

身后有人在尾随。

注意到有人的一瞬间，我十分恐惧。我不确定是不是那个跟踪狂。但佐野说得对，当心四周是最重要的，我自然加快了步伐。

此时，身后的脚步声也加快了。

我打了个寒战，感觉公寓似乎远在天边。

走了大约两分钟，我实在忍受不了，跑进了路边的派出所。

“你好，我好像被人跟踪了。”

一位身着警服的中年警察，看到突然闯入的我，先是吓了一跳，听完我的解释，他了解了情况。

“那，我去周围看一下，你在这里别动。”

“好，麻烦您。”

所内还有一位年轻警察。我坐在椅子上，他看我害怕，便跟我说了很多话。

三分钟以后，中年警察回来了，身边还有一位身穿西装的男性，高高的个子，还戴着眼镜。

“石田美雪女士？”西装男问道，“吓到您了，不好意思，我是……”

看到他拿出的证件，我吓了一跳。是警察证。

“他不是跟踪狂，正相反是保护您的。”中年警察说道。

“我是静冈县警，叫小林。”西装男行礼道，“您是石田美雪女士对吗？”

“是我……”

“怎么办呢？有些事情想问您。可以去里面的房间吗？”

中年警察同意后，我和小林去了派出所里面的房间。坐下之后，小林不断地打量着我。

“那个，是怎么回事？”

“嗯——”小林抱起胳膊，“虽然还没有确凿证据。我想先问您，听刚才的警察说，石田女士，您很苦恼跟踪狂的事情，是真的吗？”

警察既然如此问，就不得不回答了。我一五一十地向他解释了几天前，跟踪狂蹲守在出版社大厅的事情。

“那个，请告诉我您的责任编辑佐野的手机号。”

我告诉了小林，他道谢后，把号码输入了自己的手机。

“嗯……但是，这与我正在追查的事稍微有点不一样啊。”

“什么事？”

“说来话长。”

说着，他看了眼挂表，晚上十点。

“明天您有时间吗？”

“请现在说吧。”

“我要先调查下您遇到跟踪狂的事，才能跟您细说。”

“那请现在给佐野打电话吧，他应该还在公司。”

“他的证词可能……”

“我想问下，您究竟在调查什么？”

小林调整了下呼吸说道：

“长谷川敦子遇害案。”

我的身体不由得僵住了。

“以及樱井唯的案子。您记得吧？您和她们是同一所中学的。”

“……是的。但是，为什么要查几年前的案子？”

“樱井唯遇害是四年前，调查还在继续。”

“但我和案子没有任何关系啊，为什么……”

“吓到您了，我很抱歉，对不起。但在这儿，我没办法把整件事说清楚。明天下午，我再找您详谈。”

“那么，今晚就这样。”

说着，小林站起来，我还没来得及拦住，他便走出了房间。

年轻警察护送我从派出所回了家，貌似是小林拜托的。回家之后，我没心情打开刚买的便当，开始思索。

能让警察如此保护我，一定是有什么危险在迫近我吧？

杀害长谷川敦子和樱井唯的凶手，至今尚未落网。

以防万一，再三确认门窗锁好后，我钻进了被窝。但果不其然，辗转难眠。

“昨天我也说过了，还没有确凿证据，请你知悉，也就是说，这件事请不要告诉任何人。”

第二天下午，小林如约来到家中。

他说着不用客气，但我还是将大麦茶端到了客厅。小林喝了一口，开口道：

“首先，您知道杀害长谷川和樱井二人的凶手，还没有缉拿归案吗？”

“我知道。”

准确地说是最近才知道的。尽管我不记得自己出席了葬礼，但我还是知道的。

“她们二人，都是半夜回家途中遇袭身亡的。凶器是石块。用从路边随便拿起的石块，殴打致死。贵重物品都完好无损，也没有性侵的痕迹。”他喝了一口茶。

“我们得出的结论是被路过的歹徒杀害。她们生前没有遭人怨恨。所以，一开始我们并不认为杀害她们的凶手是同一个人，以及否定了她们是初中同学的关联性。”

“无关吗？”

我们的共同点只是来自同一个地方。

“我从头说起吧。两起案件都没有目击证词，也没有人听到异常的声音，物证基本不存在。犯人用路边的石块行凶，很难认为是有计划地杀人，但却找不到凶器的下落。动机也不明，调查陷入了僵局。因此，她们的家人也几乎要放弃了。虽然很遗憾，但类似这样查不下去的案子，多得数不清。”

小林注视着我说道。

“这个月，事情发生了转机。增田亚由美被人袭击了。”

“哎？”

“您记得吗？您同班的增田女士。”

“记得……”

亚由美。增田亚由美。是个温顺的女孩子，但该说的话还是会说，内心强大。

“那亚由美她……”

“她没事，胳膊受了些伤，并无大碍。”

我松了口气。

“她报了警，但证词有些古怪。”

“古怪？”

“她在遇袭的几天前，看到了可疑人员。我按时间顺序来讲吧。增田现在居住在滨松市，在一家居酒屋上班。本月 8 日晚间回到居住的出租屋的时候，她正拿钥匙准备开门，旁边突然出现了一个年轻男子。”

“年轻男子。”

“这个证词十分古怪。”

“哪里古怪呢？犯人不是躲在暗处，突然冲出来的吗？”

“不，该男子不是犯人，反而是来提醒她的。他告诫增田说有危险正在逼近你，你要当心。”

“啊，这是怎么回事？提醒？”

“古怪的事情不仅如此。说完之后，男子当场瞬间消失。”

“哈……”

“增田租的房子在一个大型公寓楼的五层，已经十分老旧，上楼梯时会听到声音，乘电梯的声音也会引人注意。直到增田出现在家门口之前，没有人目击到那名男子。而且，男子是突然出现在增田身旁的。”

“我们向隔壁的住户确认过了，都没见过那名男子。也就是说，他不是在旁边的房间观察到增田回家，开门冲出来的。并且，他说完话之后顷刻消失了，像一阵雾一样。”

“他不是打电话提醒的，而是，那个……男子确实出现在亚由美身边了？”

“确实出现了。我们勘查过足迹，只有一对脚印，就是站在增田身旁那一对脚印。可是哪儿都找不到他离开的脚印。”

等一下……这是……

“起初，增田没有讲这件事。我听了以后也无法相信，这不就像幽灵一样吗？但是，开始调查你的事情之后，啊，我还是先讲增田的事吧。在那两天之后的10日，她在走夜路时被人袭击了。”

“所以受了伤？”

“所幸增田随身带了防狼神器，就是按一下会响的报警器。嫌疑人从黑暗处突然冲过来，给了增田一击，但她立刻按下报警器。住在附近的人听到声音，不知道发生了什么，打开窗户向外看，嫌疑人就跑掉了。”

“然后，我们对增田问话，她说是前一天买的报警器。我们问购入的原因，她才说出刚才那番证词，说两天前一个不明男子提醒过她。”

“他”知道这件事，意味着……

不，不会改变的。他说过无论如何介入，时空的因果是不会改变的。

但是，十年前的我，没有来……

“作为警察，我很难理解她的话。仔细询问之后得知，不明男子和袭击她的嫌疑人似乎不是同一人。不明男子年纪在二十岁到二十五岁，身材很高。但袭击者个子很矮，穿着黑色牛仔裤和黑色连帽衫，看不清长相。”

“还没有抓到吗？”

“很遗憾。”小林的语气透露出不甘心，“但我们一定会抓到袭击增田的人。查过她的经历，我们发现，她和曾经遇害的长谷川敦子、樱井唯是同乡，又曾是同班同学。”

似乎接下来要进入正题了。我调整好坐姿。

“当然也有可能是偶然。每天都会发生几起刑事案件，并不能说遇害人碰巧曾经是同学，就联系到作案动机上去。更何况这几起案件发生的时间和地点都不相同。但作案手法非常相似，一旦出现两个以上的共同点，我们就不能放过了。这不是搜查一科的官方意见，但我个人打算按这条线追查下去。”

“所以，调查了我？”

“不单单是你。”

“……是我们班所有的女生吗？”

“不是所有人，只调查了有共同点的女性。”

我和唯、敦子还有亚由美？除了我们都是女性，做过同班同学外，似乎没有什么共同点。

“假设犯人是同一人，那他是以什么为标准，以什么理由进行袭击的呢？想到这儿，我找到一个共同点。”

“什么共同点？”

“从事文字工作。”

这是我没有预料到的答案。小林见我没有反应，继续说道：

“四年前遇害的樱井唯，生前在一家报社工作，理想是成为一名记者，她家人是这么说的。三年前遇害的长谷川敦子，想做编剧，签约了某家事务所。第三位，增田亚由美想成为小说家。据她本人说，她在居酒屋打工之余写作，前不久刚投稿给某个新人比赛。然后是你。”

小林的视线移到我身上。

“石田美雪，笔名高峰文子，在E公司和A公司分别出版过作品的小说家。”

“嗯，但是，我没有公开真实姓名。简介也只是写了自己的出生日期和居住地静冈。”

“所以那个男人才要调查啊。就是跑到出版社堵人的跟踪狂。”

是这样吗？

盯上了我？要杀掉我？

“一开始我是这样以为的，但真实情况似乎并非如此。”

“哎？”

“昨天见过你之后，我回到了警署，拿着按增田亚由美的证词临摹的不明男子的画像，坐上了最后一班新干线。今天一早我见了E出版社的保安，跟他们确认了，前几天蹲守的跟踪狂，与接触并提醒增田的不明男子极度相似。”

“……那，那个人是为了提醒我？所以才在出版社一直等佐野？”

“仅凭一张肖像画，还不能断定是同一人。”

他拿起茶杯一饮而尽。

“但是，查到这里，还是无法勾勒出犯人的形象。说真心话，我不能理解案件的发生背景和动机。如果犯人是同一个人，他瞄准了曾经N中学三年四班的学生，而且是女性，还要从事文字工作，或是打算从事文字工作的人，理由是什么？我真的不明白。”

“嗯。”

我也不明白。发什么了什么？

“还有，这个不明男子的介入。他是谁？有什么目的？他来提醒你们，就不存在加害的可能性了吗？如果他知道会有危险，掌握案件的信息，为什么不报警呢？他不需要露面，只要打电话过来，说出增田亚由美的名字，然后把他了解的信息告诉我们就可以了，打电话告诉我们他了解的信息就可以了。但我们没有接到这样的电话。我完全不知道他想做什么。”

说完这些，他直直地看着我。

“听到这里，您有什么想法？石田女士，你想到了什么吗？”

“就算这么说……”

我也完全不明白这是什么情况。

“不是和犯人有关的线索也没关系。什么都可以。你的疑问，或者是你在意的事。真的什么都行，如果有的话请告诉我。”

保彦的事……我说不出口。说了他也不会信。何况，也不清楚那个男人是不是保彦。但看那个情况，只有他做得出这种事，可他没有动机。保彦在未来得知亚由美会被人袭击，穿越到过去提醒她。如果这样做了，那未来……

但亚由美得救了。因为听了“他”的忠告，她买了报警器，所以得救了。为什么？过去改变了，明明不该改变的。

“为什么……”

“什么事？”小林眼神锐利起来问道，“想到什么了吗？”

“啊，没什么。”

苦恼。保彦的事不能讲。我要想想其他可以讲的事。

“就是，我有点意外，敦子她……”

“她怎么了？”

“想做编剧。以前是无法想象的。”

“为什么？”

“因为敦子，长得很漂亮。”

这是真话。班级第一的美少女，长谷川敦子。

“我以为她会想当明星的。她本人好像也这么说过，没想到会做文字工作。”

“啊，是啊。”

“诶？”

看到小林淡淡地点头，我有点隐约的失落。

“她签约的事务所，是一家娱乐公司。长谷川高中毕业后，经父母同意，进了静冈的一家娱乐公司，签的是模特约。”

“那为什么……”

“整容失败了。”

“……诶？”

“签约一年以后，她是个新人嘛，没什么工作机会。但她心里很不舒服，她好像是个很没耐心的人。”

是的。没耐心，性情急躁。

“她觉得是自己长相的问题，瞒着事务所，自己花钱去整容。但没有大动，只是去把鼻子垫高。给她做手术的是个庸医，结果失败了。”

“变成什么样了？”

“是叫塌鼻子吗，反正鼻子变平了。其他地方没有动刀，分开来看其他部位还算是个美女，但合在一起就觉得不太平衡。至少是上不了电视和杂志的。”

“那，敦子她……”

“碰上庸医是她倒霉，但她瞒着公司擅自行动，责任本来就在她。不过那个事务所的老板挺有人情味的，说是就这样赶她走也怪可怜的，让她在公司做点事务性工作什么的。她也不得不留下来，因为整容的钱是找父母借的，还得工作还钱。所以她开始做事务性的工作，然后一时兴起想做编剧，所以只能算是新人。”

这时，小林挠了挠头，似乎有话不好开口。

“……这个吧，只是我的个人感觉啊，或许这也是个共同点。”

“整容失败吗？”

“是颜值。长相美丑或许是共同点。但如果这个假设是对的，你就被排除在外了。”

“……什么？”

“她们都是中学时期还挺可爱的美少女，长大之后都没有那么好看了。”

“哈？”

我抬头望天。这算什么啊。

“初中毕业之后，你见过长谷川、樱井和增田吗？”

“没见过。”

“所以你不知道吧。这是她们生前的容貌。啊，增田还活着。”

说着，他从西服内兜里拿出三张照片。每一张都是驾照一类的证件照。看到照片，我有些讶异。

樱井唯初中的时候并不怎么显眼，但五官还算端正。她性格认真，不曾化妆，但懂得的人也会发现她的美。

然而，照片上的樱井，头发蓬乱，看得出皮肤也没有保养过。看起来是个土土的、毫不起眼的乡下姑娘。

“听她的熟人说，报社的工作很忙，她没太注重保养的事情。”

然后是长谷川敦子。确实失败了。那样高的鼻梁就这么塌下去了，注意力都集中在她的鼻子上，整体不太均衡。说不上丑，但也当不了模特。

最后是增田亚由美。初中的时候我觉得她还挺可爱的。她的眼睛又大又水灵，腼腆的笑容惹人怜爱。但现在她的脸上都是痤疮，是用错了化妆品吗？

“关于女性的容貌，大家肯定会议论。这话可能有点歧视的意思，我不该说，但诚实地说，你也看到了，她们并不是那么漂亮。但这样一来，我更不懂了。”

小林抱着胳膊说。

“如果反过来，倒可以理解。以前不起眼的女孩，女大十八变，变漂亮了。所以曾经很可爱，但现在变丑的犯人，由于嫉妒而实施了暴行。可能有点荒唐，但这个动机是可以理解的。现实却是正相反。”

然后，他看着我说道：

“不过呢，樱井唯、长谷川敦子和增田亚由美三人在初中时期是美少女，这件事是增田本人说的。啊，但她没有说自己是美少女啊，是她母亲说的。所以，石田女士，有件事想拜托你。”

“什么事？”

“我想借一下你的毕业相册。增田已经把相册处理掉了。也许是我杞人忧天，如果这真的是共同点的话，拿到以前的照片还是有意义的。我复印之后还给你。”

“啊，好的。”

原来如此，所以要来我家里啊。我恍然大悟。

我站起来，从书架中取出相册，递给小林。他从盒子里取出相册，翻了起来。

“三年四班，在这里。”

每个班的照片有四页。第一、第二页是班上每个人附着姓名的独照，还有全班在校门口拍的合照。后面两页是课堂和修学旅行，以及运动会的照片。

“樱井唯、长谷川敦子、增田亚由美，嗯，确实挺可爱的。”

小林看着第一页的独照说道。翻过一页，他对一张课堂上的照片眯起了眼睛。照片里，樱井唯站在黑板前，估计是开班会吧。这张是在文化节上唱歌的长谷川敦子。这张是修学旅行去京都的时候，增田亚由美站在渡月桥前的留念。

真怀念。但她们已经不在了。亚由美还活着。

“那么，我借走了，明天我会让执勤的警察还给你。”

“好，拿走吧。”

正要把相册交给他，我的目光落在一张照片上，头皮发麻。我瞬间浑身冰凉，后背渗出冷汗。

“那……”

小林正打算把相册装回盒子，我一把抢了过来。我完全无视他，盯着一张教室里拍的照片。

（……不可能！不可能发生这种事！）

“……不会吧。”

我自言自语道。翻到前面两页，这里也有他。

“石田女士？”

过去改变后的结果，已经呈现在照片上。

“……啊、啊，没、没事……”

我惊吓过度，无法组织语言。

“……不好意思，太怀念了。”

我假装平静地把相册递给小林。他道谢之后立刻离开了。

回到客厅，我整个人趴在沙发上，恐惧令我无法动弹。

为什么，本该在 1992 年夏天回去的他，会出现在 1993 年秋天拍摄的班级照片里面？

保彦。

“是的，校样已经收到了，老师辛苦了。接下来是我们这边的工作了。”

“嗯……”

我的声音很疲惫。

“老师？怎么了？很累吗？”

“……有点儿。”

“因为跟踪狂的事儿吗？”

“不是……”

“我是第一次面对警察呢，没想到老师您会被牵扯到刑事案件里。”

“佐野，那是……”

“我明白，我不会跟别人讲的。具体的细节，我什么都没听说。总之，不会影响到您吧？”

“还不清楚。”

“您要当心啊。”

“嗯，好。”

“下下周会寄给您样书。那老师，您多保重。”

电话挂断了。我浑身无力地瘫在椅子上。盯了一会儿天花板之后，我的视线落在电脑旁的相册上。

“为什么？”

为什么他会在？明明应该回去了。

小林来过之后的第二天，派出所的警察把相册还给了我。拿到之后我立刻确认了照片，拍到本应回去的他的照片。

前面的两页有写着“园田保彦”的独照，他笑得很温柔。班级合照里，他站在中间，搂着阿茂的肩膀，同样在笑。

后面的两页有他在运动会上跑步的照片，拍下了他接力比赛里跑第一的样子。在课堂上的那张照片，他百无聊赖地望向黑板。

不可能。就算是初二的照片，运动会是秋天举行的，保彦只在那个时代存在了 20 天，从 7 月 1 日到 21 日，怎么可能出现在秋天的运动会上？

社团活动也是。N 中学原则上要求每名学生都要参加社团活动。但保彦刚刚转来，还不熟悉学校，因而没有加入任何社团。但他却出现在剑道部的照片里。他身穿剑道服，戴着护具，垂下的带子上写着“园田”，竹刀摆在一边，跪坐在道场上。

相册的后几页记录着每名学生的住址。园田保彦的住址写的是“冈部町○● 2−1”。我赶紧坐上电车，回到冈部町找这个地址，但这个地方已经变成一片空地了。问了住在近处的人，他们说这儿曾经有栋小公寓。

乘上回家的电车，我心想保彦留下了住址记录，倒也无所谓。他是怎么办的转学手续呢？估计是用未来的技术做了什么。总之，他的住址和电话作为个人信息留在了相册上。

但是，假设过去没有改变的话，这些实际上是没有的，不存在的。临走之际，保彦说过：

“我在 1992 年的 N 中学的记录、我的个人信息，这些公开的东西我都抹去了。嗯，因为‘园田保彦’本来就不存在。如果不抹去的话，不知道未来会出现什么相悖的事情。”

阿茂也说过他向 N 中学的教务处确认过，保彦没有留下任何记录。“没有记录”才是对的，可……

“不，真正……真正可怕的是……‘不可能’发生的是……”

我的指尖不停颤抖，汗毛倒竖，小心翼翼地翻到最后一页。

这一页是大家写给我的寄语。班上每个女生都在我的相册里留了言，除友惠之外，大家传着写的。男生只有几个人给我写了寄语。

当然，不在场的保彦是不可能留言的。他本来就不会写字。但是——

“在未来再见。”

“园田保彦”

他的留言赫然写在上面。看到的瞬间，我害怕地几乎要哭出来。

我大脑一片混乱，头痛欲裂。

“……冷静、冷静点儿，美雪，石田美雪。”

我故意将自己的名字喊出声，抑制内心的恐惧。

我站起身，走进厨房，冲了一杯浓咖啡。

我端起杯子一饮而尽，继续思索。

现实地想一想。保彦回到了未来，不可能出现在照片里。为了制作相册，每一张照片都是从初三那年春天开始拍的。他已经不在这里了。但照片显示他还在。

（那么，果然是过去改变了？所以，十年前的我没有来？理由呢？）

保彦的身影出现在初三拍摄的照片里，意味着他没有回去。他留在了学校，升入了初三，一年之后毕业。

当然，我也去查了。我打电话到N中学，说要问一些和准备举办的同学会有关的事情，因为负责人林铃子感冒了，所以我替她问一问。

对方查过档案之后，果然没有任何园田保彦的材料。

（什么……情况？）

“太不对劲了……”

这本毕业相册是真实存在的，十年前的我没有穿越来也是事实，我的记忆也是真的。这又是怎么回事？

我在 1992 年 7 月 3 日目睹了保彦的出现。第二天我听了他的解释。之后我陪保彦一起找那本小说。

俱乐部已经建好，也就是说旧校舍确实坍塌了。但我没有穿越，保彦是直接被救援队救出来的。

然后他没有回去，暑假之后，第二学期他依然在学校，并升到了三年级。毕业相册是在毕业典礼时拿到的，所以那时他也在，还在我的相册上留言。

但学校没有他的资料，意味着保彦抹去了所有的痕迹，回到了过去。九年之后，时间来到现在。

“首先……”

首先，保彦是不可能过暑假的。暑假期间他住在哪呢？他没有家，留给学校的地址也是随便填的。暑假的时候他要怎么生活？

“对啊，可以这样的。”

保彦没有必要找地方度过七月和八月，旧校舍坍塌之后，他只要直接穿越到 9 月 1 日就可以了。

“但是，我没有这段记忆。”

是我的记忆出了错？“来自三百年后的转学生”，只不过是我臆想出来的一个梦？但是阿茂也认识“园田保彦”，说明他是存在过的。那么，我喜欢上他，将他的存在神秘化，写成小说，只是我一厢情愿地以为是事实？

“但是……故事……”

主人公她……

“她……”

那个夏天读了……的“故事”……

手机响了。我正在专心致志地思考，被突然的铃声吓到了，身体抖了一下。

我尽量平静心跳，拿起了手机。是酒井茂打来的电话。上次见面的时候我们交换了联系方式。

“……喂？”

“哟，未来的人气女作家，高峰文子老师。”

我有点儿讶异。作家或许都是这样吧，如果被工作关系以外的人称呼了自己的笔名，总觉得对方像是在嘲笑自己。

“我不想让熟人看我写的东西，所以才没有告诉你啊？”

“别这么说嘛，还是挺有意思的。”

“你看过了？”

“看了。五部小说都看了。”

“呜啊……”挺惊讶的，“那你把散文也都买了啊。”

“散文无所谓，重要的是小说。”

“……什么意思？”

“美雪，我问你啊。”阿茂中断了话题，“你最近要出版新作品吗？”

“你问这个干什么？”

“作为你的粉丝，我很期待你的新书啊。”

“有啊……”

“哪天发售？”

我告诉他预计的发售日期，他回道：

“同学会前一天啊。”

我看看日历，被他一说，我也是第一次意识到。

“啊，还真是。”

“你拿到样书了吧？应该还有折扣价。你给班上每个人都买一本，同学会上发给大家，怎么样？还能做下宣传。”

“绝对不要。”想想都觉得别扭。

“话说，你不是很在意吗，会不会有人不来。放心吧，收到明信片的都会出席，加上老师一共是三十九个人。”

“诶……”

有点意外。有人工作很忙吧，出席率居然是百分之百。

不对。三年四班的学生总数是四十人，三人不能来，加上老师也该是三十八人。

“是啊。”阿茂低语道，“算错了，保彦不来。”

“就是啊，你说什么呢？”

“不过都一样的。老师也一样。”

“怎么回事？”

“没什么，我打电话是要告诉你，来同学会之前有个注意事项。”

“交会费吗？”

“不是。看毕业相册。”

我沉默了。

“听我说，一定记得要看毕业相册。如果弄丢了，就借别人的看。看完之后，一定要来同学会，不许放鸽子。”

“等……”

“我说完了，挂了。”

电话挂掉了。我赶忙拨回去，他设置了拒接，没有打通。

“什么？”

究竟，发生了什么？不，“过去”究竟发生了什么？

8

1992年④

REWRITE BY HARUKA HOJO

校长老师冗长乏味的说教终于结束了，同时也意味着解放了。今天是第一学期的结业式，明天就是暑假啦！

但在那之前，还不得不面对一个考验。宣告解放的同时，又刻下烙印的成绩单。回家之后，又少不得老妈的一顿念叨。

没想到，成绩竟然没有想象的那么差。音乐和美术的成绩稍微下滑了，但英语和数学进步了，这样老妈应该不会生气了。

"啊，没有园田的成绩单，你来了还不到一个月嘛。"

班主任细田老师说。他是个小老头，教的是社会科的历史课。

"但是园田，要是给你打分的话，可够呛啊，因为你上课一直在睡觉……"

"啊哈哈哈哈。"

保彦笑着敷衍过去。没办法嘛，他在未来已经大学毕业了，不可能对三百年前学校的授课内容（说"授课水平"更贴切）感兴趣。认真学也没意义。而且放学之后他会直接穿越到第二天早上，只能利用上课时间补觉了。

"假期期间，不要玩儿得太疯。解散吧。"

有人发出喜悦的叫声。班长樱井下口令，全班起立，向老师行礼。此时才爆发出真正的欢笑。其他班级也一样，满含期待的喧腾瞬间充满了整栋校舍。

同学们在商量假期的计划，我在人群中发现了保彦的身影。他没有课本和笔记本，两手空空地站起来。我们视线相对，他的手指了下旧校舍的方向。

我点点头，趁大家不注意走出了教室。保彦也悄悄出来了。

走到没人的地方，我对他说：

“放暑假啦！”

“这么开心吗？”

“那当然啦！一个半月呢。哎，你怎么办？要先回去未来吗？”

“嗯，回去。”

“然后下学期再回来？”

“不……”他摇摇头，“我不再回来这个时代了。今天是最后一天。”

“啊？”

听到出乎意料的答案，我停住了脚步，他仍在向前走。走了几步，他才发现我没有跟上，回头看我。

“怎么了？”

“为什么？”

“什么为什么？”

“回去……”

“嗯……”他点头道，“到旧校舍再说吧。”

走在走廊上，我的脑中满是问号。

我知道他不能永远待在这个时代。总有一天他要回去。但是他可以穿越时空，还能偶尔回来玩啊。“时间”应该多得是才对。

忽然间，走在前面的保彦的身影变得模糊，越来越远。与此同时，我的心中交织着各种不同的情感。

分别？今天就分别吗？再也见不到了？那该怎么办才好？我该说

什么？

我是怎样看待他的？有点不可思议的朋友，还是喜欢的对象？

我不知道。

想着这些，不知不觉已来到了旧校舍，我们走进了第一次交谈的教室。保彦望着窗外，夏天的风吹起我们的头发不停飘动。风中像是有甜甜的味道，而他正在享受着。

“这个味道，我不会忘记的。三百年后不会再闻到这样的风了。”

他回过头看着我。

“与你共度的 20 天，也不会忘记。”

“为什么要回去？”我直接问出了口，“你还可以再来的啊……”

被问到回去的理由，保彦许久没有说话。他看着我，温柔地微笑着。

“我很开心。”

保彦缓缓地、以悲伤的声音低语道。

“风也好，人也好，食物、风景，都很棒。非常棒。回到未来我也不会忘记的，绝对不会。”

“我在问你理由是什么！”

“我可以前往未来。所以，你们太过耀眼了。”

“诶？”听到这个始料未及的答案，我有些惊慌失措，“什么意思？”

“比如你，将来想从事什么职业？梦想是什么？你觉得十年后的自己会变成什么样？”

“我不知道啊。”

“没有想做的工作吗？”

“我想当学校老师。”

“我去帮你确认一下吧。”

“什么？”

“我现在前往十年后，确认一下你有没有当上教师，然后再告诉你。”

说着，他将手举到头顶。他的手里握着一个银色的小盒，那是装着薰衣草香味的药片的盒子。

保彦正要打开盒子，我叫出了声。

“不要！”

他停下了手。

“为什么？你不想知道未来会怎样吗？”

“我……我想知道。”

“如果不想让我看到的话，你可以自己使用这个药。我可以回未来调整一下剂量，让它符合你的体质，让你穿越以后可以停留多于五秒。当然你不能见自己，也不能跟那个你说话。只要去到十年后自己的房间，就可以知道梦想有没有实现了。”

“……我不需要。”

“为什么？你一开始不是很想要这个药片的吗？你也挺照顾我的，作为回礼……”

“不要转移话题。你为什么不再回到这个时代了？回答我！”

保彦轻轻地笑了，那是一个自嘲意味的笑。

“你说你不需要穿越时空的力量。我的理由也差不多吧。为什么不需要？为什么不想知道？因为恐惧吧？去到未来，如果没有做自己喜欢的工作，如果没有变成自己期待的样子，如果没有实现梦想，会很害怕。所以，你不要药片。”

他在教室里慢慢踱步，像是在为自己争取时间一样。

“当然，也有可能会实现。你努力成为理想中的自己。实现梦想，这不是很好吗？但这种情况下，不去确认也无所谓。但也许不会实现。你害怕知道，所以不要药片。”

“那是……”

“我也一样。”

我无法掩饰内心的疑惑。未来人继续说道：

“为什么我会来到三百年前，也就是对我而言‘已知’的时代呢？明明过去都留存在史料里了。明明我都知道的。正是因为我害怕知道未来，所以我回到了过去。”

“那保彦你……”

“对，我害怕知道未来，所以我从没有去过未来，也就是2311年以后的世界。如果去了就会引发时间悖论，虽然不能见我自己，但还是会知道未来的事。我害怕知道对我不利的事，甚至也不想知道有哪些好事，所以我回到了过去，来到这个安全、没有事故和灾害的，我已知的时代……这其实是一种逃避。”

“我不这样认为。”

“就是逃避。其实我有更感兴趣的时代。我可以去古代。去中世*也很好啊，我对江户时代也有兴趣。但我并没有去。为什么？因为安全得不到保障。我不会去1945年前的这个国家，就这么简单。”

“……战争。”

“对的。虽然我有保护屏障，但不知道遇到空袭会怎么样，所以我不去，我在逃避。”

“你说的这些……跟你不再回来这个时代有什么关系呢？”

---

* 中世，在日本指镰仓、室町时代，1192—1573。

我几乎要哭出来了。分别，永远的分别。为什么？

“刚才细田老师说了吧，明年你们就是中考生，要好好利用这个暑假，认真学习。这是你们每个人都要面对的‘未来’，要抓住机会去挑战它。我也有要面临的现实，但我却从 2311 年逃跑了。因为我害怕知道未来，害怕挑战未来，所以逃到了这里。”

保彦表情苦涩地摇摇头。

“不行……不行的。我回到这个时代，见到你们才意识到。你们是向前走的，要去对抗未来。在我看来，你们过着不方便的，极其原始的，十分低效的，蠢笨至极的生活。但这个时代的人们，笑容太过耀眼。你们是真正地活着，你们相信未来。尽管二十四世纪，是比你们相信的这个未来还要遥远的未来。”

我倒吸一口气，怯怯地问保彦：

“怎么了？发生了战争？”

“战争是不会消失的……与这个时代相比，生活变得很方便。但相对的是没有自由。比如说我，我在大学读的是科学技术，但这不是我自愿的选择。是国家擅自调查了我的能力，进行评价之后，单方面决定让我去哪家大学，从师哪位教授。”

我惊呆了，怎么会有这种事？

“但你只是普通人吧？”

“我是普通人，但我接受的教育不是这样的。我所拥有的才能，都属于国家，虽然在我们那个时代不叫作国家，总之都是归国家所有。我是靠税金接受的教育，所以我必须要偿还，也就是为国家效力。但我没打算公开这个药片的事情，毕竟它太危险了。”

保彦晃晃盒子说道。我无法理解他这个未来人的想法。

“为什么你会这样想呢？你可以有自己的思考，自主选择，自由地活着啊？”

“在这个时代，大家会这样想。但我那个时代不是。而且换句话说，回到我的时代，是我自己的意志。我自己决定的，我要选择未来，而不是这个时代。旅程终有一天要结束，总归要回家的。”

他顶着那又甜蜜又苦楚，充满魅力的脸庞，十分认真地说着。

“认识了你，以及班上的大家之后，我明白了这些。所以我要回去了，而且再也不回来，我要让自己不再软弱。”

“有人在等你吗？”

“没有。我是孤儿，没有朋友，也没有恋人。”

“但这个时代有啊！”

“你们也终将会分别的。”保彦说，“升学、工作，然后分开。这不是你们所希望的，但为了成长为大人，你们都要去到自己该去的地方。”

他打开盒子，薰衣草的香气瞬间充满了整个教室，芳香四溢。

分别的香气。

“我也会长大的，并将这个时代收获的东西珍藏在心里。所以，铃子。”

他向我靠近，我在原地丝毫不能移动。

我清楚他要做什么。如果问我对他有没有那种感情，我只能说很微妙，至少我觉得那不是爱情。

但这是分别的仪式，我要接受。

“铃子，总有一天，你也会选择自己的未来的。”

保彦伸出手抚摸我的脸颊。我在犹豫要不要闭眼睛。

此时，身后响起了脚步声。

（……谁？）

同时，身后飘来薰衣草的香味。

“诶？”

我正要回头，木头掉落在我的身边。

“诶？”

咚的一下，我的后背被推了一把，胸前不知撞到了什么。还没搞清楚状况，身体已经撞破了窗户的玻璃，掉在了楼下的沙坑里，嘴里混进了沙子，苦苦的。

不一会儿，同学和老师们围了过来，一片骚动。但我还搞不清楚究竟发生了什么。

“真的吗？林铃子同学，转校生在里面？”

在倒塌的校舍稍远的地方，教务主任抓着我的肩膀质问我。

老师们迅速确认了现场情况，打电话报警，并将刚刚放学的所有学生叫回来进行点名，确认每名学生都平安无事。结果，全校学生中只有一人，二年四班的园田保彦，无法确认他是否安全。

我对寻找保彦的老师们解释了事情经过。

“你们干什么啊？在旧校舍。”

“呃……”我不能说出真相，“商量暑假计划……”

“为什么跑到旧校舍来？啊，算了，现在不是说这个的时候。”

教务主任松开我的肩膀，返回了坍塌事故现场。警察和急救车还没有到，但可以听到远处传来的警笛声。

“喂！你们几个！不许进去！不要碰！”

老师怒吼着。可能有哪个学生想要恶作剧。

我再次望向坍塌的旧校舍，那里仿佛是腐烂掉的木材堆积成的坟墓。旧校舍有三层，塌落之后，木材堆得很高，周围散落着玻璃和碎木头。多得超乎寻常的灰尘在空中飘着。

老师们拼命地喊着保彦的名字。体育老师们搬动木材划破了手，拜托事务员去拿劳保手套来。女老师们拿手电筒在木头的缝隙中寻找保彦的身影。

学生们被要求撤到后面，聚集过来的学生，包括我，都不能靠近旧校舍。这时警察来了，校长老师介绍过情况之后，叫来了消防署的急救队员。坍塌事故发生时，有些碰巧在现场周围的住户和学生受了伤。急救车已经到了，正在救治这些伤者。

我什么也做不了，只能混在学生当中看着眼前的一切。无计可施的我，呆呆地站着，一些同学议论的声音传入我的耳中。

“怎么会突然塌了呢？”

“谁知道呢，但这楼这么破，什么时候塌都不奇怪啊。”

“真的有人在里面吗？”

“要不为什么叫警察和救护车啊？”

“不是不让进来吗？为什么会在楼里？”

“但这样一来……”

看热闹不嫌事大的人们，这时传来了致命的一句话：

“不会死了吧？”

“这要是还能活着，就是奇迹了啊。”

“肯定得受伤了。”

“等等，会搜出尸体了？”

我不想再听下去，离开了原地，到了没人的地方——校舍旁的停车场。

我很清楚，保彦获救的可能性极低。不过，他是未来人，时常开启着保护屏障。前几天，班上的室井打出的那个棒球，就被他的屏障挡掉了。但那时他也说了：

“屏障不是万能的。我随身装置的屏障尺寸，这么说吧，在这个时代，可以承受汽车撞过来的冲击，更大的冲击就不太行了。”

这次的事故怎么说也要比汽车碾压的冲击力更大。

若是屏障能保护他，他就可以吃下穿越的药片，逃出这片瓦砾，然后出现在我面前，告诉我他没事。他没有这么做，也就是说……

我紧咬着嘴唇。保彦，死掉了？怎么可以？

不知不觉，泪水从脸上滚落。来自未来的他死了。因为一场突发事故，突然地死掉了。

不可以。一定是搞错了。他没有做错任何事，还救了我，为什么要死在这里？

我能不能，能不能做些什么？我怎么做才能救他？怎么做？

不行，我什么都做不到。那么多的木头，就算是用未来的技术也无能为力。

我揪住心口，这时，我感觉胸前的口袋里好像有个圆圆的东西。

拿出来一看是药片，散发着薰衣草的香味。

为什么穿越的药片，会在我的胸前的口袋里？

“啊……”

坍塌发生的时候，他正要回到未来。估计他是打算亲我一下，再直接回去。所以，他的手里拿着药片。但为了救我，他伸手推了我，药片顺势掉落在我的口袋里了。

（用这个药片的话……）

但是要怎么做?

这时，我听到一阵脚步声，有人往这边走来。药片被人看见就糟了，我赶紧躲到疏散楼梯上。

过来的人是同班的美雪。她可能是除了长谷川敦子以外，第二受男生欢迎的女孩子，她很可爱。

美雪没有注意到藏在楼梯上的我，跑远了。

我正打算下来，这时又有人跑过来，我再次藏起来。

“哎？”

她为什么要来这里?

她藏在校舍后面，是在跟踪美雪吗？等她走后，我从楼梯上下来。她们之间发生了什么吗?

不，现在更重要的是救保彦。

怎么救呢？就这一个药片能做什么呢?

“穿越空间……穿越时间。”

可以回到过去吗？回到半小时之前，提醒我和保彦不要去旧校舍，那里危险。五秒的话还是能做到的。

“……不，不行，不能这样。”

不可以这样，保彦说过，过去是无法改变的。

“那么，去未来呢？”

去未来要做什么？我能做什么？只有五秒。

“去三百年后……”

对了，去三百年后怎么样？去见未来的保彦。见到穿越之前的保彦，告诉他不要到 1992 年来，这样的话。

“不对不对。不行！”

如果这样做，那他就不会到这个时代来。那也不会遇到事故，我也不可能拿到这颗药。这样一来就矛盾了，陷入悖论。

“更近一些的……知道事情经过……”

能想到的年纪、时代，知道未来的我，知道过去的我。

“你觉得十年后的自己会变成什么样？”

“我现在去十年后，帮你确认一下你有没有成为教师，然后告诉你。”

十年后的我，知道接下来会怎样。我会知道他是否被救了，一旦没有得救，我能怎样救他。

当然，我不能见十年后的我，会陷入悖论的。可是，如果十年后的我保留着记录了这个事故的报纸呢？如果十年后的我这样做的话……

我毫无犹豫吞下了药片，在心中默念“到十年后”。

没有味道。

头脑一阵摇晃之后，我发现自己站在家里的阳台上。

“……诶。”

这是我家的公寓。有客厅，能看到桌子和冰箱。眼前的房间是父亲的书房，旁边是我的房间。

冰箱旁边的架子上摆着时钟，时间是下午3点42分。旁边的日历上印着“2002年”。

我木然地看着四周。刚买来的鞋架已经有些许褪色，玄关处的地毯不是我熟悉的那个。

“十年后？”

是这里吗？真的？跟我家只有少许细节的差异。

这时我发现，脚边铺着一张纸巾。上面放着一个未曾见过的机器。

有数字按键和显示屏，但好像不是计算器。

十年后的我，当然会知道我曾经来过。

一张纸巾没什么意义吧，难道是上面的这个机器？

“这是……”

我伸出手，拿起了它。

瞬间，眼前的景象切换了。

2002年，十四岁的林铃子回去之后，她打开自己房间的门，露出长大后的铃子面庞。二十四岁的铃子，瞥了一眼冰箱旁边的时钟。

“2002年7月21日下午3点42分。哎呀，亏了我还记得啊。”

还好时钟摆在那里。其实是自己把它挪到那里的。

“好啦，十年的工作终于结束了。”

铃子伸了个懒腰，自己的使命终于完成了，她遵守了与十年前的自己的约定。

“真好啊，接下来是跟他的初吻了吧。”

十年前那个夏天的回忆在脑海中翻涌。青春的日子。如梦一般的二十天。

好怀念啊，要不办一次同学会吧。

正这样想着，自己的手机响了，不是给“她”的那一部。

“嗯？”

是酒井茂打来的。令她惊讶的是，他的提议正是刚刚自己在想的事情。

——以上是复写前的故事。

“找到了！”

急救队员的这句话让揪着的心终于落了地，我顿时浑身无力，瘫坐在地上。

从未来拿来的古怪的机器。我胡乱按了一气，倒塌的废墟中传来了悠扬的乐声。队员们察觉到有可能是求救信号，经过一番找寻，发现了保彦，所幸他只是胳膊受了轻伤。

但旧校舍的木材都已年代久远，被这些木材划破很有可能会引起破伤风或其他细菌性病症，保彦被抬上急救车，去医院做进一步检查。上车之前，他瞥向我，温柔地微笑着。

旧校舍坍塌事件当晚，正当我辗转反侧时，听到有人敲房间的窗户。

“铃子。”是他的声音。

“保彦……”

我从被窝钻出来跑向窗户，心下一惊，我家可是在四楼啊……

“……你会飞吗？”

“这是保护屏障的一个功能啦。来，一起去夜空中散步吧。”

握住他伸过来的手，我的身体一下子飘了起来。我又惊又怕，他说着不用担心，拉着我飞向繁星闪闪的夜空。夏天夜晚的风，轻柔地包围着我们。

“这……这要是被谁看见了……”

“没事的，保护屏障有迷彩效果。现在，人眼看不到我们。”

“你从医院偷跑出来的？”

“是的，检查要抽血，比较麻烦。”

“因为你不想留下痕迹？”

“没错，我‘园田保彦’在 1992 年的 N 中学的记录、我的个人信息，这些公开的东西我都抹去了。嗯，因为‘园田保彦’本来就不存在。如果不抹去的话，不知道未来会出现什么相悖的事情。”

我们缓缓地飞着，降落在公寓楼顶上。静谧的夜，四下无人的屋顶，吹着暖暖的风。

“啊，这个。”

我将从房间拿来的古怪的机器递给他。保彦拿过来，仔细地看了看。

“非常原始的形态啊……嗯，这是手机。再过几年，在这个国家的市面上就会大量销售了。对，是可以随身携带的电话。”

“电话？随身携带？”难以置信。

“从技术层面来说，这个时代就研究出了。”

“我碰了它以后，发出了声音。”

保彦伸出一只手，在空中取来一个与手机十分相似的机器，拿给我看。

“我用的移动终端，也是以这个时代的技术为基础研发出来的，通过电磁波收发信号。你无意中按下的号码，接通了我的终端。这也许就是奇迹吧。”

“奇迹吗？”我自语道，“哎，你就这么从医院跑了，伤口没事吗？”

“没事，我从未来带来了急救医药箱。我自己检查过血液了，没有细菌侵入，身体非常健康，伤也很快就好了。”

“你的保护屏障破掉了吧。”

“对……冲击太强，保护屏障失效了，然后我昏了过去。铃子，真的……”

他靠近我。我知道他要做什么，没有惊讶，静静地闭上眼睛。

嘴唇上有柔软的触感，一股薰衣草的香气冲进我的鼻腔。

“呀……”

他离开我的嘴唇，像做鬼脸一样，伸出了舌头。药片已经在他嘴里了。

“保彦……”

“再见了，铃子。我不能再留在这个时代了。”

“真的不行吗？不能留下来吗？”

“那个旧校舍，你觉得……”他悲伤地说，“为什么会突然倒塌？”

“是事故吧？所以是偶然。”

“我觉得是我的错。”

“哎……”

“我在旧校舍穿越了好多次。每天放学以后就穿越到第二天早上，所以至少有二十次吧。在同一个地点穿越那么多次，我之前没有做过实验。因为我没想过会这样。”

“那又怎么了？”

“在同一地点、同一时间，我穿越太多次了。时空的因果顺序会因此发生错乱，也很正常。”

“这种事……”

“怎么可能嘛。”

说着，他把手机还给我。

“这个，给我也……”

“不，不行……”他摇头道，“铃子，你要好好保管这部手机，这是能救出我的关键物品。未来的，十年后的你，一定要把它交给十年前的自己。否则，一切都会错乱的。听我说，把手机保存好，十年后的7月21日，按照自己穿越回去看到的景象，把它摆在你看到的那个地方。”

握住手机的那只手，被他紧紧捉住。

“为了不让时空、约定、命运发生错乱。”

保彦松开手，身体飘到空中。

啊，要分别了。梦一般的二十天时间，终于要落下帷幕。

“再见！”我喊道，“还会再见的吧！”

他一言不发，只是像天使一样飘在半空。

“一定，在某时，某地……”

他默默无语。

“在未来再见……”

他轻轻地笑了。

留下这个笑容后，园田保彦的身影消失了。

一起消失的还有那阵薰衣草的香气。

——十年后，2002 年 8 月 30 日。这个夏天的夜晚，故事开始复写。

9 2002年⑤

REWRITE BY HARUKA HOJO

2002年8月31日，我做好了出门参加同学会的准备，无意中瞥了一眼房间的角落。那里放着一个纸箱，里面是前几天刚寄来的我的新作《穿越时空的少女》的样书。作者一般可以从出版社拿到十本左右的样书，除了父母和丈夫以外，我没有给任何人看过。

“反正大家会问你的职业嘛。然后，会问你写过什么？”

我叹了口气。已经跟阿茂和铃子讲过自己是作家了，再说自己是家庭主妇恐怕行不通，我只好放弃。但我也绝对不会把书带去。

正要出门时，家里的电话响了。接起来，原来是丈夫章介。

“哎呀，亲爱的，好久不见啊。”

“喂喂，你对在南美努力工作的老公，怎么能用这么挖苦的语气说话？”

“不好意思，我现在要出门，没时间讲电话。”

“我说，我可是好不容易抽出时间……嗯？等等，日本现在是几点？”

“下午五点。”

“这个时间要去哪儿啊？”他的声音逐渐微弱，“难道你……”

“同学会啦，你在怀疑什么啊，白痴。”

“怎么没听你说过？”

“还不是因为某人都不给我打电话。我倒是想打过去啊，可时差啊，我又不知道几点打比较好，而且你又不怎么在事务所，被别人接了又会听到一大串的英语。”

“不是英语，是葡萄牙语。”

“反正对我来说都一样。”

“真的是同学会？”

“真的是同学会，而且我最多续一摊，然后就回家睡觉。”

“你一个人吗？”

“我说你啊！”

听到我这样大声吼叫，章介默不作声了。

“对不起,因为太久没见了……嗯,对不起,没怎么联系你,是我不好。”

他坦诚地认了错。我决定原谅他。

“我买了数码相机，拍了合照发给你，好吗？”

“我没有多想，美雪。”

“好啦……工作还顺利吗？吃得还习惯吗？”

“吃的，主要都是肉，我吃腻了。不过豆制品还挺好吃的。”

话说回来，一会儿开同学会的餐厅正是一家巴西餐馆，不知是不是偶然。

“我要回国了，所以今天给你打电话。”

“真的？什么时候？”

“快的话下个月。部长挺理解我的，说我新婚燕尔就分隔两地，怪可怜的。”

“嗨……”

我很开心，毕竟半年没见了。

“你想要什么礼物？”

“哎……你是在巴西来着？还是智利？我不知道有什么特产。”

“那，我随便看着买了。美雪，我爱你。”

“我也是。”

“我要听你好好说。”

真没办法。我温柔地说道：

“我爱你，章介。”

“那我挂了……”

电话静静地挂断了。

出站时我看了一眼时间，还有富余。

静冈站的车站大楼里有一家江崎书店，我的新书今天应该已经上架了，我打算去转转。

我乘电梯到了五楼，瞟了一眼江崎书店的新刊区域，并没有摆着《穿越时空的少女》。

上面摆着同一天发售的其他作家的新书，唯独没有我的。

我很沮丧。说到底，我就是个二流作家吧。但我发现了一直想买的某位作家的新作，于是拿起一本走向收款台。这时，我发现正要结账的女性手里的作品。

看装帧就知道了，是我的新书。

“哦哦！”

我下意识地躲在书架后面。太感激了。第一次见到活生生的我的读者。我几乎要双手合掌感谢她了。

新刊书架上唯一一本我的新书被那位女性买走了，所以才没有看到啊。

那位女性挺年轻的，年纪与我相仿。戴着眼镜，穿着黑色长袖长裤，打扮很雅致。

哎，莫非，她是……

突然有人拍了我的肩膀。我吓了一跳，回头一看，眼前的女性也似乎在哪里见过。

“你是大槻？”她睁圆了眼睛，“是我啊，佐佐木晴子。”

“佐佐木？”熟悉的名字，“哎，晴子？哇，好久不见……”

“果然是你啊。”

晴子微笑着。她也是三年四班的同学，作风有点女汉子。

“你一点儿也没变啊，大槻，我一眼就认出你了。”

“变了呀，我结婚了。”

“哎？啊，那你现在随夫姓？”

“对，现在姓石田，石田美雪。不过，怪麻烦的，叫我大槻就行。”

“你是来参加同学会的？”

“是啊，还有点时间，想着在书店转转。”

“你吗？”晴子一脸不可置信，“说到书的话，那个谁……”

“……嗯。”

我点点头，想起了刚才的女性。

回头看看，那人已不在收银台，四下看看也没见到人影，不知道去了哪里。

“怎么了？”晴子说。

“刚才……好像友惠也在这里。”

“诶……”

晴子也环顾四周，没有见到。她叹了口气。

“她这个时间会出现在这里，意味着她也会来？真够烦的……”

我已经预料到她会如此反应。不只是晴子，其他人也一样吧。

从初二开始，直到毕业，友惠一直在被欺凌。她被班上同学孤立，没人跟她说话，无论男生女生都会嘲弄她。个人物品会无故丢失，甚至受到暴力对待。

只有我没有参与欺凌。我没有理由欺凌她。我们是初中才认识的，不觉得有什么可躲着她的，大家说她内向、性格阴暗，我也从来不这样想，只是觉得她是个老实的普通的女生。读书是我们共同的爱好，我们也一直像朋友一样相处。只有在我和友惠说话的时候，班上的同学才会暂时停止欺凌她。

但我和她的友谊在那年夏天结束了。

在友惠家，我翻看了她放在桌上的书，友惠情绪激动，直到毕业再没有和我讲话。我们绝交后，学校里没人再保护她，同学们对她的欺凌越发升级，她甚至有时候不来学校上课。无论男生女生，都对友惠……特别是亚由美她们，还讥笑她。

长大之后，要在同学会与她重逢。他们一定很反感吧，肯定不希望她出席吧。

我……并不反感。

我想见她，和她说话。想告诉这位曾经的朋友，我成了作家，还结了婚。

友惠……又是怎么想的呢？

“时间差不多了，走吧，美雪。”

“啊，嗯。”

我和晴子一同走出车站大楼，穿过车站前的马路。晴子边走边说：

“话说，初二暑假以后，那个转学生就走了啊。”

我心跳了一下。虽然并不只有我认识他，但和同学聊起他的事情，还是会紧张。因为只有我清楚他的秘密。

“啊，是啊，他叫……”

“那个，哎，什么来着……”

“园田？”

“对对，他姓园田。”晴子拍手道，“名字是什么来着？我记得他很自来熟啊，无论对男生还是女生，都直接喊名字。”

“嗯……”你这不是记得很清楚嘛。

“名字，叫什么彦来着。”

“是不是定彦？”我故意装糊涂。

“不是吧，哎……保、保？对了，是保彦。园田保彦。”

“啊，好像是。对对，园田保彦。”

“那今天园田来吗？”

“我听说他不来。”

“果然是这样啊。哦哦，是那家店吧。哎？你是川津？”

听到晴子震惊的声音，我也看向饭店那边。门口站着一男一女，见到我们走来，正向这边招手。

“喂……难道你是，大槻？”

“川津？哎？你的个子怎么长这么高？”

“川津？你是川津？你吃助长剂了吗？我记得你以前只有一米五的啊。”

“过分了啊，我是上了大学长高的。”

“我们也惊呆了呢。”

川津身旁的林铃子说道。川津个子很高，比较显眼，所以二人一起站在店门口迎接大家。铃子看看手表，对我们说：

“五点半了，六点正式开始，人已经来了一半了，你们进去吧。具体座位进去问阿茂。”

“可上面写的七点开始营业。”晴子指着招牌说。

“没事，今天我们包场了。”

“啊……也是，毕竟有近四十人呢。”晴子点点头，“那我们进去咯。”

打开门，我们走了进去。店内放着轻松明快的音乐，照明用了橙色的灯光，摆放着藤椅，装潢是南美风格。

店中央是一张大桌子，摆着一些水果和简单的小菜，几个二十四五岁的男女聚在一起谈笑风生。

看到大家，怀念的感觉一下涌上心头。

“哦哦，又有人来了。”

“这次是……哎，一下子就认出来了好不好？是大槻和佐佐木啊。”

“哎？大槻？”

“她吗？”

“不是吧，美雪，你变得好漂亮！”

“……怎么回事？”

我走近大家问道。

“我们在玩猜人游戏。”赤木说。

“我们在猜，能不能认出下一个进来的是谁，猜错的话，作为惩罚，要吃掉一整个辣椒。”高濑道。

“我是没有看出来她是大槻。”伊能说道。

“那你们怎么一下子认出我的？”晴子问。

“因为你眼神有点凶啦。”祥子回答。

“真的是，霸气的眼神一点儿没变。”由美附和。

大家热闹得仿佛回到中学时代，我心情很高涨。九年后的重聚。

或许，过去并没有改变。尽管怀念的声音如今变得有些许陌生，但这是陪伴了那段过去的声音。

“——喂，我看看谁来了。”

此时，响起了我最近才听过的声音。酒井茂从后厨走了出来。

“什么啊，美雪和佐佐木啊。人还没来齐，你们先去和老师打招呼吧。”

说着，他指向角落里的一张桌子，一位微笑的老人坐在那里，我起初没有认出他是谁。

“老师……”

“啊，久疏问候。”

我和晴子一同说道。老师也回我们一句好久不见，声音如此熟悉，一点儿变化也没有，直达人心。老师外表看起来却是苍老了很多。

又陆续进来几位昔日同窗，大家猜人猜得起劲，还没喝酒，气氛已经十分欢快了。

近七点时，阿茂拍拍手，示意大家坐下来。大家先坐在指定位置互相碰杯，然后采取立餐的形式。我也站了起来。

“大家都到齐了？”

阿茂问铃子。她看看手中的纸，摇摇头。

“还没……”

这时，像是踩着点一样，店门被打开了，门上的铃铛叮咚作响，每个人的目光都集中到门口。

黑色长衣长裤，里面的衬衫也是黑色的。纯黑的头发，黑边的眼镜。一身黑的女人。

她向店内踏入一步，淡淡地笑道：

“看来我是最后一个啊。”

果然没错。就是她。

买走我书的人，正是友惠。

“雨宫，你的座位在……”

她打断阿茂的话。

“不好意思，酒井，我不姓雨宫了。”

“啊？”

“我结婚了，现在是园田友惠。”

她左手的无名指上，戴着一枚有细小花纹装饰的银色戒指。

友惠的出现，让场面顿时冷了下来，但很快大家又投入热闹的氛围中。阿茂先给大家解释了菜单和酒水，每个人都点好了第一杯饮品。我虽然不太能喝酒，第一杯还是点了名叫科罗娜的啤酒。结果，不是酒杯装的，而是一瓶。

“那，请老师说两句。”

细田老师走到中央，咳嗽一声之后开始致辞。最后，他举起啤酒杯祝酒。

“大家干杯！”

觥筹交错的声音响彻房间，接着听到大家咽下啤酒的时候喉咙发出的声音。我只喝了一小口。

接下来，大家各自散去开始畅谈。有些初中时的小团体依旧聚在一起，有些男女聚在一起大聊近况。我这一桌也聚了几个女孩子，聊得火热，从豆制品开始，话题便扯远了。

“美雪，你说你结婚了？”晴子说。

“哎？真的？”

“二十四岁就结了？太早了吧？”

“听说长濑也结婚了。”

“真的假的？她老公是谁啊？”

“就那个铜管乐队的学长。”

“啊啊，好像是有这么个人。”

“据说是上高中以后开始交往的。”

“那，美雪你的老公呢？”

“啊嗯，”我小口啜着啤酒，“是普通的上班族。现在不在日本。”

什么情况？目光都聚集到我身上了。我解释之后，大家纷纷表示愤慨。

“怎么能这样啊？太过分了？你们是新婚啊。”

“美雪你真的很能忍耐啊，换作是我的话，早就向男方家里抱怨了。”

“要是你老公带回一个金发的小三怎么办啊？”

“呃，南美的话好像不是金发……”

“巴西是吧？应该有金发的。”

之后我们一起讲了几句章介的坏话。到了这个年纪，难免会聊到男人。晴子讲完了男朋友出轨的事情，坐在一旁的祥子又说道：

“哎，说道出轨，阿茂是不是有点奇怪？”

“怎么？”我拿了一点猪肉。

“他刚才直呼你的名字哎。”

肉一下子噎在我的喉咙里。我赶紧喝了口水加以否认。

“不是不是，不是这样的。”

“他不是对你有意思吧？”

“绝对没有。我们不是那种关系。”

我解释了与阿茂如何在母校偶遇，聊了什么，不曾想居然火上浇油了。

“越来越奇怪了啊！他知道你老公不在日本啊！”

“啊，就是啊，美雪，你还是注意点儿吧。”

“毕竟你变得这么漂亮了。时隔多年的重逢，曾经的恋情……”

“我们又不是今天重逢的……”

什么“曾经的恋情”，我以前喜欢的又不是他。

“——保彦。”

这时有人嘟哝了一句。

刚刚耳边还充斥着女人的尖叫声，听到这个名字，大家都沉默了。

坐在这一桌的女生们，包括我，互相试探了起来。

“怎么了？”

“啊，没什么，听说他不来同学会。”

“他不是外国人嘛？不会特意为了同学会回日本啦。”

“说的也是。”

如果有能将消息传递到未来的技术，或许就能把他叫来了。

如果能和他再见，或许就能查清楚十年前的我为什么没有来。

但我不能告诉大家他的秘密，这是我一个人的回忆，这是我和他的约定。

我一个人的。

“话说，阿茂他……”

“我怎么了？”

阿茂突然出现。

“不好意思啊，大家别在这家店喝太多。这里的酒度数还挺高的，喝得烂醉也比较麻烦。待会儿还要去下一摊呢！”

“下一摊去哪里啊？”

“卡拉 OK，可别因为不会唱歌就跑了啊。”

然后，阿茂看着我说：

“哟，你的新书，我买了。”

“哎……”我小声说道，“别说……”

“喂，大家听我说！你们知道吗？美雪现在是小说家哦！”

还没来得及阻止，他已大声嚷嚷开了。

“最新作品是这个！书名是《穿越时空的少女》，定价一千四百日元。大家都去买这本书吧，让咱们的老同学多赚一点！”

会场爆发出欢腾声。我感觉到自己的脸红透了。回家吧，真的，我想回去了。

“混……蛋……”

我责备地看着阿茂，但不知为何，他用笃定的目光看着我。

“……我非这样做不可。”

他自言自语着，去了其他桌。我的目光一直追着他，却被扑面而来的暴风雨般的问题打断了。

“哎？你不是家庭主妇啊？”

“小说家？真的吗？”

“美雪吗？嘿……没想到呢，我很吃惊。”

“完全想不到啊。”

“美雪！你真的是小说家？”

“亚由美。”

胳膊上缠着绷带的亚由美走了过来。我正要问她案子的事情，她一把抓住我的手恳求道：

“求求你，把我的小说介绍给编辑吧！”

“那个，亚由美，这种事……”

对了，小林警官说过亚由美的愿望是做小说家。

“呐，求你了，我这辈子就求你这一次。”

“哎，亚由美……你的胳膊怎么了？”

“嗯，啊，这个啊，嗯，没什么，比起这个……”

“我听小林警官说了。”

我悄悄说道，亚由美怔住了。

“怎么了？你们？”桌子那边的女生们问道。

“你过来……”亚由美拉着我的手，“去不去洗手间？”

“嗯。”

我站起来。问过店员洗手间的位置之后，我推开了店深处的一扇门。在洗手台前，我叹了口气，亚由美徐徐地用略带担心的声音问道：

“你怎么会知道？你也被袭击了？”

“不是的，其实……”

我大概讲了一下从小林警官那里听来的消息，亚由美露出悲伤的神色。

“是的，敦子。”

糟了。她和敦子是闺蜜。虽然阿茂提醒过我，但还是不小心把敦子的名字说出来了。

“对不起，亚由美。”

“没事的，没办法。”亚由美看起来很受打击，“但这是怎么回事？杀害敦子和樱井的凶手是同一个人？还有袭击我的人也是？”

“还有提醒你的迷之男子。”我继续着疑问，“不懂究竟发生了什么。”

“是啊。”亚由美摇头道，“算了，别再说这些了。好不容易聚会，对不起啊，美雪，把你拉过来。”

“没事，我心里也有疙瘩。”

拉开洗手间的门，正要出去，亚由美低声道：

“相册……”

我下意识地回头，激动地问她：

“相册怎么了？”

“呃，没事……没什么。”

她从我身边闪过去，离开了洗手间。我在原地愣了片刻。

“……是什么呢？”

违和的感觉。

总觉得不对劲。对了……

（为什么大家都不提“他”的事情？）

对我而言，他是那个无法忘却的夏天里不可替代的人，但对大家来说，他不过是“只待了一个月的转学生”而已吗？

我悄悄走出洗手间，问店员要了杯水，站在原地喝着，听到旁边一桌的男生交谈的声音。

“……话说起来，室井他。”

“啊，他去世了。挺可怜的。”

“听说是登山遇难……真是可惜。”

“不过，他父母应该松了口气吧。”

“这是什么话？死的是他们的儿子啊？”

“你们去了别的地方上高中，所以不知道吧。高中的时候，那家伙简直是个人渣啊。他当了小混混，自暴自弃了，还有传言说他碰了毒品。”

“真的假的啊？”

“真的啊。也不知道为什么，反正闹得乱七八糟的。他还搞得同班的女生怀了孕。”

“室井那么受欢迎吗？他长得好像也不是很帅。”

“白痴，是强奸啊。”

“不会吧？室井他？”

“啊，而且是三个女生。”

“不敢相信……”

“所以他父母气到爆炸，几乎和他断绝关系了。”

不知不觉听了半天，实在听不下去了。我知道有些人会变的。

友惠出现在我的视线里。她坐在里面的桌旁读书。她似乎没有点喝的，桌上只有水和盛有蔬菜的碟子。

没有人注意友惠，没有人和她搭话。除了我，她没有亲近的朋友。准确地说，那个夏天之后，我也被她讨厌了。

我下定决心，走到她的座位旁边。为了给自己鼓气，我从某一桌拿了杯酒，喝下一口，感觉喉咙像火烧一样。

“我可以坐这里吗？”

友惠抬起脸来。这样近距离地看着长大后的她，我有点吃惊。

她变美了。这是真心话。曾经土气的她，容貌变得秀丽，感觉是一位头脑聪慧的美人。同时，她的身上带有一种难以靠近的清冷感，比十年前更加强烈。

“请坐。”

她冷淡地回道，视线又落在书上。坐在她的对面，我看到那本书的名字。

我舔了一口酒，这酒好像度数很高啊。口腔里像火烧一样，喉咙也痛。

回忆也痛。

“以前也是这样呢，友惠你读着书，我坐在对面找你说话。聊聊学校的事，电视上的事，你总是只回复我一两句话。”

“是啊。”

“真怀念呢。”

“是啊。”

对啊，就是这种感觉。尽管这样，那时我们也是好朋友。

我看不下去友惠被欺负的样子，并非出于怜悯，而是不自觉地走近了她。

“这个……”我指着书，“谢谢你买这本书。”

“美雪。”

今天她第一次喊我的名字，我心里一紧。冰冷的声音。如果她的声音有温度，那一定是零度。这是成年的友惠的声音。

“如果我去告你，会不会胜诉啊？”

“……名字的事？”

“嗯。”

初中时，友惠不但酷爱读书，自己也会搞些创作。我的笔名高峰文子，正是那时友惠用的笔名。大学的时候，我没有多加考虑就用了这个名字，后来才想起这是友惠的笔名。

“对不起啊。”

“这名字很常见，无所谓了。”

“啊，是这样啊。因为作者名字和你的笔名一样，所以买了这本书？”

友惠在书店偶然发现了某位作家的书，而作家的名字与自己曾用的笔名一样，所以她出于好奇买了下来。她应该不知道我是作家吧。当然，她也不知道我用了这个笔名。

说罢，友惠哧哧地笑了出来。

“怎么了？”

“我希望你不要搞错了。”

她的笑容似乎带着一股恶意。

“我说的是小说主人公的名字。”

“……啊。”

宫川巴*，《穿越时空的少女》的主人公。

“不是的，这是我大学时候写的，与你无关。”

“因为你把我忘了？”

“不是这样的，友惠……”

曾经的好朋友冷笑着。

“友惠，初二的那个夏天，为什么，那本小说……”

为什么我只是翻了一下，她就那样激动呢？

“美雪！”依旧是冰冷的声音，“恭喜你结婚。”

“诶？啊，谢谢。”

“你老公叫什么？”

“章介。石田章介。”

“是个优秀的丈夫？”

“嗯，还行吧。”抛下新婚妻子跑到地球另一端的男人。

“虽然我不想秀恩爱，但我老公也很优秀哦。”

“啊，是了，你也结婚了啊。他叫什么名字？”

“时彦。”

我被这个答案吓了一跳。

“他叫园田时彦。”

“那是……”

---

* 注：“巴”与“友惠”在日语中读音同为ともえ。

我小说中出现的，来自未来的少年的名字。

友惠。巴。

园田时彦和园田友惠。

“而且我要告你，是因为这个。”

说着，友惠把书摊开递给我。

《穿越时空的少女》第一百二十三页。

“诶……”

小说是我写的，我清楚自己写了什么，为什么还要拿给我看？

读了这个地方，不，被改写的地方，让我浑身发冷。

“这种行为是‘欺凌’。我从未来带来的字典上没有这个词，所以一开始我并不能理解。”

“其实，那个女生，雨宫她也没做过什么，只是性格比较内向……不，是阴暗，也不怎么和人说话，总在看书……”巴这样说。

“所以她就成了你们欺凌的对象？”

“这是什么！”

我吓得站了起来。几个谈笑风生的人察觉到了这边有声音，看了过来。我没办法不激动，因为内容变了。《穿越时空的少女》是我的过去。

这个“过去”被改写了。

“我没写过。”

我没写过这样的场景！这个祭典的场景，保彦说出自己要回到未来！我绝对没有写过什么欺负友惠的内容！

“你太过分了。写了我的真名，还贬低我。”

“不是的，友惠。我没有写过这些，我真的没写！”

惊愕的我站在原地无法动弹，友惠的话又给了我致命一击。

“还有，美雪，你还误会了一件事。”她把书合上举在手中，“这本《穿越时空的少女》的作者是我。这本书是我写的。”

你在说什么，我正要说出口，阿茂高声叫道：

“好了，最后一次点单啦！大家一定要喝回本啊！”

一阵欢呼，店员忙着给大家下单，友惠站了起来。

“友惠，那个……”

“我去下洗手间。”她回头说道，“准确地说，不是我一个人写的。”

我呆呆地站在原地，她离开了。

直到结束，友惠都没有从洗手间出来。

桌子上静静地放着我的《穿越时空的少女》。

这是友惠买的，但作者是我。我有些犹豫，但还是拿起了书。为了勘误，作者有义务确认书的内容。

看了友惠刚才指给我的那一页，我松了口气。“过去”没有改变，还是我写的那个样子。

那么，刚才是怎么回事？是我看错了？不，恐怕不是。印刷得很清晰。而且，友惠也看到了。

怎么回事……

这个同学会，总觉得怪怪的。

十年时光过去，有某个决定性的东西改变了。但是，没有人说出口。

每个人都在隐藏些什么。

每个人都在畏惧些什么。

我有种不好的预感。尽管还完全没有头绪，但总觉得会发生什么惊天大事。

同学们喝得尽兴，我在人群中浑身颤抖。

接下来一定会发生什么。我们将会陷入绝境，发出比濒死前的痛苦喊叫还要惨烈的悲鸣。

我无法制止这种预感。

“没事吧？”

阿茂照顾着在路边呕吐的川津。

同学会结束，结完账后我们走到了店外。夏末夜晚的气息包裹住我们。时间还不到九点。

但我没心思想这些。刚才那一瞬间的幻觉。小说中出现了我没写过的一页。

说真的，续摊什么的无所谓了。我现在只想赶紧和友惠找个能独处的地方，聊聊刚才的幻觉。但三年四班重聚如此热闹的气氛，让我说不出口。

“怎么样？所有人都去吗？”铃子问着大家，“西原，你是不是住在东京？要赶末班车吧？”

“时间差不多我就先走，没事儿。”

“这样啊，那大家都去……”

“不了。”

川津蹲在路边，痛苦地捂着胃部，举手说：

“我喝太多了，不行了，抱歉，我……”

“川津……”阿茂凑近他，“别这么说啊，才九点。”

“不行，阿茂，我真的很难受，我叫出租车……”

“川津……”阿茂靠近川津的耳旁，一只手搂住他的肩膀，“我要说

** 的事，必须要来。”

阿茂在川津的耳旁窃窃私语。只见川津原本就苍白的脸色更不好了。

“你！”

“一定要来，好吗？”

川津似乎还想说什么，猛地站起身，不知是否是反胃的感觉一下涌了上来，他捂住了嘴巴。

“我就算了吧。”细田老师说，“年纪大了，熬不住。”

“老师，您没事吧？”

“您要是难受的话，我也不去了，陪您回去。”

几个女生说道，估计是不擅长唱歌吧。但阿茂阻止了他们。

“不行，老师，您得来。”

“阿茂啊，我去不了卡拉 OK。”

“老师您不用唱歌。”

“但是……”

“老师。”阿茂再次耳语道，“**，所以……”

老师脸色没变，只是睁大了眼睛。

“阿茂。”始终在一旁看着的我问道，“怎么了？什么事啊？”

“当然，你也要来，美雪。”

“啊，嗯，我会去的。”

“其实，只有你是不可能的。”

“……什么啊？”

“我要说出所有的事，所以才召集了同学会。”

“嗯？”

“是我和保彦的秘密。”

说罢，他走远了。

曾经的三年四班，不，二年四班的同学们，像是被阿茂带领着，走在夜晚的街道上。

我们来到事先预约好的一家大型卡拉OK，一语不发地走了进去，被服务生带到大包厢里。圆弧形的沙发摆了一圈，中央有一张大桌子和屏幕。按照阿茂的引导，大家从边上依次入座，所有人都坐了下来。

“那么……”一个名叫田冈的男生说，“菜单在哪？我还没喝够呢……”

“田冈。”阿茂的声音很低沉，“不要喝酒。”

“怎么了，阿茂，刚才喝那么点儿都不尽兴啊。”

“是啊，这不是续摊吗，开心起来啊。”

“内线电话在哪啊？你们女生先随便点些什么。”

“都坐好！”

阿茂的怒吼响彻房间。所有人瞬间停止了动作。

“酒、水、吃的，都不许点。不许叫店员来这个包厢。铃子！放下电话！”

拿着内线电话的铃子吓了一跳。

“什……什么情况啊，到底……”

“我们不是来唱歌的。”

“那是来做什么的啊？阿茂，你真是莫名其妙。”

“莫名其妙的是你们吧！”阿茂说。

“哈？不懂你在说什么。”

“就是啊，阿茂，你想说什么？”

“喂，快点上酒吧。”

“你这家伙是不是喝醉了？”

男生们哈哈大笑起来，气氛糟得一触即发。女生们都蜷缩在沙发里。

“就算你们想把自己灌醉，让自己忘记。十年前的你们没有来，这个事实也不会改变了！”

集体沉默。

可怕的沉默，笼罩着全场。

每个人都在注视着彼此，注视着曾经的同窗。

“为什么，没有人说话？”

“十年前？什么事啊？”

为什么不说？这不是废话吗？有这个疑问的，知道这件事的，知道“他”的事的……

“只有我。”

“只有我。”

“不，你们每个人都知道。从未来穿越来的转学生的事。”

阿茂起身，站到桌子前面，像是站在讲台上的老师。

“那么，开始吧，我来揭开十年前的真相。”

“我先问一下，有没有十年前的自己来过的？”

不可思议的……问题。

我像是喝多了酒一样，大脑与身体变得反应迟缓，动弹不得，难以思考。

十年啊。这个秘密，这个约定，我守了十年。

（……为什么，没有人说话！）

我感到了恐惧，眼泪几乎要掉下来。

估计在场的三十八个人……不，除阿茂之外的三十七个人，都是同样的感受。

“阿茂……”终于有一个男生开口，“你，在说……”

“宇佐美，先不要说别的，只要回答我的问题就好。”阿茂用锐利的眼神瞥了宇佐美一眼，他沉默了。“没有是吧？没有来过的是吧？”

大家没有回答，无法回答。

这近乎恐怖的肯定回答。

阿茂观察着一声不响的同学们，抛出了第二个问题。

“好，下一个问题。你们当中，十年前的那个时刻，有人没有吃下那颗穿越的药片吗？”

我考虑过这种可能性。如果没有吃下的话。

但阿茂为什么会……

不，为什么除了我以外的人会知道？！

“来不了。”

身旁的晴子低声说道。

“应该是来不了的。”

“晴子……”

为什么？

为什么连她也知道？

晴子泫然欲泣，英气的表情荡然无存。不仅是她，女生们几乎都要哭出来了，包括我。

不要。不要。

骗人的！我不相信！

怎么会有这种事……明明只有我知道！

“没有吗？啊，虽说应该是有的。算了。从现在起，禁止发言，每个人都不许讲话，安静地听我说。老师，您也是。”

我闻到一丝绝望的气息。

“我来解开你们的疑问，三十七个人的疑问。其实我本想把这个秘密带到坟墓里去的，但事已至此，没办法，我要全讲出来。女生可能比男生受到的打击更大一点，你们做好心理准备。不要听到一半哭鼻子啊。就算你们哭天撼地，我讲的都是事实。”

“阿茂，什么……”

“我说了不要说话！啊，你们一定有一肚子的问题，我明白，所以我说了，不要说话，等我讲完以后再提问，我都会解答的。那我要开始了。”

不要。不要开始。

因为“他”说过，只告诉“我”一个人！

阿茂闭上眼，深吸了一口气。

“我告诉你们，你们经历过的那年 7 月的故事，除了某个人以外，都是假的。

“但是，为了保彦的名誉，我还是要解释一下。他没有恶意，也不是在讥讽你们，更不是恶作剧。他这么做是有原因的。他这样做，也是因为他在乎你们每一个人。是的，还有人不明白吗？在场的二年四班的每个人，包括细川老师和已故的樱井、长谷川和室井在内，每个人都经历了同样的故事。

“经历了来自未来的转学生，园田保彦的那段故事。

“还有人不懂吗？也就是说，不仅仅是你‘自己’，在这儿的每个人，都知道保彦是从未来穿越来的。

“好，我从头说起。园田保彦是假名字，但他是真的来自未来，但是不是三百年以后，就不清楚了，毕竟我们也没法查证。总之，保彦是从未来穿越来的。用那颗药就可以穿越，这也是真的。而且，找小说这件事也是真的。他在未来发现了那本小说，很感兴趣，所以来到这个时代，这件事他没有骗你们。

“他来到我们的时代，转到了N中学。手续都是随便糊弄过去的。然后，是那天早上。7月1日，他转学过来。两天后，7月3日早晨，某人‘偶然’目击了从昨天穿越来的保彦。自此，四十个人的故事开始了。不错，时间顺序是无法改变的，所以是‘同时进行’的。

“……闭嘴！不要说话！我说了，待会儿我会回答你们的！

“……好，我继续说。在那时，他本可以对目击者的记忆做点手脚，但他没有这么做。至于他为什么没有这么做，我后面再讲。总之他开始向你们解释，自己是未来人，穿越来到这个时代，还有他在找一本小说。接着，7月的故事就这样开始了。

“后面的经过，正如你们知道的那样，你们每个人都与保彦体验了一遍。你们去书店和图书馆找小说，但没找到。当然，图书管理员和书店老板的记忆已经处理过了，不然会发生混乱的。

“啊，对了。雨宫家的仓库，没错，你们每个人都去过。四十次，每一次楼梯都坏掉了。准确地说，只有第一次是偶然坏了，之后是保彦用保护屏障撑住了楼梯。保彦放弃找书，悄悄去到仓库一层，就是这个原因。因为小说里出现了这个场景，他不得不这样做。当然了，他是故意拿起日本刀的，这样你们才会去阻止他，从楼梯上走下来。这时，他撤掉保护屏障，你们就会和他一起被埋在瓦砾里面。是的，除了‘第一次’以外，其他人的故事，都是保彦‘演’的。

“还记得祭典吗？那个盂兰盆舞也是。完成了所有‘该做的事情’之后，到了结业式那天。对，旧校舍坍塌事故。其实，事故也是有原因的，旧校舍不是突然毫无意义地塌掉的。在那个时间点发生事故，是遵循了因果律，这个我稍后也会解释。

“总之，你们都被保彦救下了。你们身上带着药片，从二楼，不，也有人是从一楼，反正是得救了。啊？药片？不是偶然啊。保彦假装推了你们，其实趁机把药片放到你们胸口的口袋里了。不这样做的话，事情就无法进展了。实际上，故事只要到这儿就可以结束了，但因为第一个人……闭嘴！我说过之后会解释的！

“之后，老师们聚了过来，报警，救护车也来了。还记得吗？这时候，你们注意到了那颗药，去到未来取了手机。啊，对了，高尾，你拿的不是手机，是小灵通，但实质上是一样的，只要是能收发电磁波信号的机器，什么都行。

“……对了，先讲讲室井吧。应该有人知道，他上高中以后，变得很无耻吧。答案非常简单。室井不小心知道了自己十年后会不在人世。是的，室井和你们一样，吃了药穿越到了未来。也是他运气不好啊。室井没办法像你们一样提前做好‘准备’迎接十年前的自己，因为他在十年后的未来，看到了自己的母亲。他的母亲说‘大介！你不是死了吗？’。好巧不巧，他的面前就摆着自己的遗照和牌位。

“也难怪他会自暴自弃，虽然不知道具体什么时候会死，但十年内一定会死掉。所以进了高中，他甚至强暴了女同学，也只是想在这个世界上留下自己的后代吧。这是男人的本能。当然，强暴是无法原谅的。室井的故事就讲到这里。

“……啊，我知道你们想说什么。同理樱井和长谷川也会遇上相同的事，但她们没有变成室井那样。我会解释为什么的……其实，她们的事情会带有一点科幻色彩。不过，现在还说什么科幻，也没意义了啊。

“接下来，是第二天的分别。晚上，保彦从医院跑出来见你们，与你们告别。我先说明一下，仅限女生，男生是没有亲吻的。这还用说吗？男生只有握手。然后，他回到了未来。”

阿茂停止讲述，环视我们。

我们也无话可说。

“但他没能回去。”

“诶？”

“为什么？”

“解释……”

“别说话！”阿茂喊道，“要我说几遍啊，安静！”

阿茂使劲挠挠头，继续讲下去。

“……他没能回去。这是真的。他把自己逼到窘境，让二年四班的每个人都经历了一遍同样的事，兜了这么大的圈子。为什么没能回去呢？

“回到根本的问题上。说到底，保彦为什么要来到我们的时代呢？不错，找出那本小说。还记得吗？你们虽然只看到开头，但也猜得出来，写的就是发生在我们冈部町的故事。他在未来调查清楚之后，才来到1992年的。对的，并非偶然。他来到1992年是有原因的。

“其实，保彦有那本小说的序言部分，但他故意不给你们看。啊？不是，那本小说真的只剩序言，题目和作者都不知道，这是真话。但是，序言的第一句话是这么写的。

‘……那是1992年夏天。当时在N中学二年四班就读的我……’

“怎么样，你们明白了吗？为什么他会来到冈部町的N中学二年四班？他到这里是来体验书中的经历。所以，7月3日早上，保彦没有消除目击者的记忆。因为故事就是这样的。其实，保彦是从咱们班选了一个他认为最可爱的女生……也就是小说的女主角，让她在那个时刻来到旧校舍。

为此，他还改变了值日生的安排。这部小说当然不会在 1992 年之前出版，因为故事背景就是 1992 年。

“我明白你们想说什么，小说都是虚构的，就算以未来为背景，也没什么奇怪的。但是，1992 年前出版的概率很低吧？应该有几个人问过保彦吧，既然小说用纸年代检测出最晚到 2030 年，那直接去 2030 年找不就好了吗？如果真的要找小说，这样当然是最快最好的方法，但出于某种情况，保彦不能这么做了。

“没错，保彦带来的小说的内容，就是你们经历过的那个夏天。不，正相反。这里出现了悖论。你们经历过之后，小说的内容才会变成你们的故事。被改写了，这样说能听明白吗？

“理解不了吗？保彦也隐隐约约感觉到了，自己就是小说中的未来人。‘未来人’这个说法，本来就是作者创造的，所以保彦也这样称呼自己。这也是悖论啊。究竟什么在前什么在后，我已经不清楚了，时空错乱了，我们人类是无法理解的。

“总而言之，保彦拿到的那本小说，是二年四班的‘某人’写的。保彦读到了流传到三百年后的这部小说，所以来到了 1992 年。

“一开始，他只是想玩玩。对了，不是有个日光江户村吗？在那里可以打扮成武士的样子，体验武斗的场面。对保彦来说，穿着校服上学，就像那种体验一样，他只是觉得好玩，还故意用未来不会使用的词汇讲话。没错没错，就像我们变装成武士之后，便会故意讲什么‘在下’啦，‘是也’啦之类的。

“好，说到他没能回去的事，为什么他没能回去呢？从结论上来说，是因为保彦为了体验这个故事而选择的主人公，也就是‘第一个人’并不是作者。这个人不是作者的话，保彦发现的小说就无法出版。无法出版的话，小说也就不会流传到三百年后。三百年后没有这本小说，那保彦也就无法来到这个时代。就是这么一个道理。

“这样一来，保彦曾存在于1992年的事，就陷入了悖论。那么，保有‘不存在’的小说的记忆的保彦，当然也是‘不存在’的。岂止是回不去，甚至他的存在本身都会消失。退一万步讲，小说不存在的话，1992年的记忆也会烟消云散。再次穿越之时，保彦会被2311年‘发现小说前’的保彦所覆盖。被覆盖是怎么回事呢，也就是丧失了1992年的记忆，因为压根不会发现小说啊。

“没错，保彦之所以没有回到未来，是担心与我们相处时的记忆，以及那些时光会消失啊。因为他很珍惜啊，他曾经那么开心，他不希望这些消失。所以7月21日晚上，跟‘第一个人’告别之后，保彦知道自己不能回到未来，于是又穿越回了7月21日旧校舍坍塌之前。

“他一定很焦急吧？明知不可为，却还是下决心要做。不，他说过，这是已经发生了的事，所以如果不这样做将会不合逻辑。

“你们问是什么事？旧校舍会坍塌，是因为保彦要去见过去的自己，才会发生的。

“为什么他会穿越到坍塌之前呢？理由很简单，保彦发现的那本小说，就到这里为止。具体内容是这样的：

但这是分别的仪式，我要接受。

‘总有一天，你也会选择自己的未来。’

保彦伸出手抚摸我的脸颊。我在犹豫要不要闭眼睛。

“到这儿就没有了，后面的内容因为时间太久都丢失了吧。所以保彦只要演完这之前的内容就好，之后都无所谓了，只要把这之前的记忆留给作者就够了。这样，保彦就不必担心自己的存在会被覆盖，流传到未来的内容就到此为止。

“但是，他也说了。过去是无法改变的。一旦自己穿越到过去，想要对那时的自己提醒什么，就会飞来陨石阻止这一切。他说这是命运，因为陨石会飞来也是史实。

“他内心极度不安，以至于忘了这件事，竟愚蠢地想去接触过去的自己，只为告诉他‘这个女孩子不是作者’。所以，为了阻止未来的他和过去的他相遇，旧校舍塌了。啊，我明白你们想说什么，这也是个悖论啊。旧校舍坍塌是‘过去’，但却是由‘未来’的保彦引起的，这不合理，但这就是命运啊。既然旧校舍坍塌‘一开始’就已经发生了，那么未来的保彦试图去接触过去的保彦就是必然会发生的事，否则旧校舍就不会在那个时点坍塌。

“啊？为什么非得是21日？那我问你，哪一天比较好呢？7月1日，保彦见到转校前的自己，告诉他‘你要选择的女孩不是作者’吗？白痴，那就没有意义了啊。见过去的自己会引发错乱，就算能见到，可这么一来，保彦的目的——保留1992年的记忆并回到未来——就会变得无法实现。那怎么办？去到2311年，跟穿越到1992年之前的保彦说吗？都说了，他苦恼的就是回不到2311年的事啊。

“保彦思考过如何才不会导致错乱。不，比起错乱，他要防止故事本身化为虚无，为了防止自己被‘复写’，更准确一些吧。怎么做能不让与第一个人相处时的记忆消失……说到这里，你们明白了吧？这就是你们所有人都经历了同样的情节的理由。

“到此为止，有谁听不懂吗？好，那我继续说。事情到了这一步，保彦终于明白了。小说里的未来人正是自己，作者是二年四班的某个同学。主人公是女生，但作者未必是女生。对了，老师您也被包括在内。老师也知道保彦的事，也能写出二年四班课堂的情节。对啊，小说里面写了我们上课的样子，几乎差不离。因此，能写出这本小说的人是二年四班的所有人，加上老师，总共四十一人中的某位。所以保彦他……

“……啊，还是先解释一下这件事吧。这时候，保彦的穿越开始受到了限制。具体来说，他只能在1992年7月1日到21日深夜的时间轴上移动。为什么会这样呢？这是因为，历史上不存在‘IF’。既然小说已经流传到三百年后，那么小说是一定会被写出来的，‘小说没有出版’的未来是不存在的。既然不存在，就不可能穿越到‘小说没有出版’的那个时空。因此，‘小说作者’没有‘故事的记忆’的未来也是不存在的。所以他回不到‘未来’，7月21日以后的时空‘并不存在’。

“反过来说，由于在7月1日到7月21日的这段时间里，绝对会被写出来的那本小说的作者，有可能获得成为小说之素材的记忆，所以唯有在这段时间轴上，身为登场人物的保彦也不会消失。

“保彦没办法去稍远一点的未来，找到小说的作者，只把这段记忆留在作者的脑海里。所以，包括老师在内的四十一个人，啊，不算我，四十个人，不对，除了第一个人之外的三十九个人，保彦对你们做了同样的事，与你们每个人上演了同样的故事。

“接下来说说我。为什么我会知道整个事情背后的秘密呢？因为我是保彦的帮手。啊，才不是什么‘我也是未来人’这种俗套的剧情呢，我就是个普通人，但在男生里面，我和保彦关系是最好的。保彦意识到自己回不到未来以后，首先穿越回7月1日找到我，对我解释了事情经过。他告诉我自己是未来人，告诉我他选定了一个女孩儿和找一本书，但那个女孩儿不是作者，所以未来会充满不确定性，回不去未来了。

“我一开始是不相信的，简直是天方夜谭。于是，就像你们经历过的那样，保彦取来了第二天的报纸给我。第二天也就是7月2日，我不得不相信了。不要搞错日期啊，我‘接受’的那一天是7月2日，但故事是从7月3日开始的。因为我相信了他，故事才从7月3日开始。当然这也是错乱的，究竟先发生什么，后发生什么，只有老天爷才会清楚了。

“保彦为什么需要我做他的帮手呢？原因很简单，他不能接触异时空的自己。从旧校舍坍塌事件就可以明白了。啊，要跟你们解释一下这个原理。与三十九人做相同的一件事，但时间轴却只有一个，保彦的身体也只有一个。要原封不动完成三十九次的故事，保彦需要重复穿越几十、几百，甚至几千次。讲一个具体的例子吧。

“你们还记得吧，7月3日早晨，你们按细田老师所说去旧校舍取教具，这时与突然出现的保彦相遇。你们每个人都经历过。那么，怎样做可以让你们都经历呢？首先，要改掉值日生。改掉黑板上写的值日生的名字，这就不必说了，保彦还需要再往前穿越一点，不错，就是用那个洗脑装置，让你们认为‘今天是我值日’。然后，再把细田老师洗脑，让他记得‘派值日生去旧校舍取教具’。时间轴只有一个，所以不得不这样做。细田老师，老师您那一天，对除我之外的全班同学，说了同样的话，不过您是不会记得的。

“我不是在开玩笑，那一天的那个时间，除了我，班上所有人包括第一个人都在旧校舍。当然每个人都在不同的地方，比如冈田在一楼的一年一班，长谷川在二班，樱井在一楼的二年四班，室井在三楼的厕所等，大概是这种感觉。为了不让你们看到彼此，出现的时间也是稍微错开的。声音？说话声？当然是屏蔽掉了，那个保护屏障装置还有屏蔽声音的功能。

所以即使在隔壁的教室，也不会听到实时的‘完全相同的讲解’。

“第二天，你们每个人都听到了保彦的正式解释，这个过程比较长，所以完全把第一节课的时间占用掉了。当然，7 月 4 日和 7 月 3 日，我们都没上第一节课，因为除了我，老师和大家都在旧校舍呢。

“讲到这里，你们或许注意到了，不光是咱们班的人，其他班级也被洗脑了。你们想想看，这个教室里没有人上课啊，没有任何声音，没有任何板书，旁边的班级肯定会觉得奇怪吧。校长也会时而在走廊转悠，被他看到空荡荡的教室可就糟了。所以，我们给校长洗了脑，不让他在这段时间内看到我们班的教室。旁边教室的同学也都被洗脑，认为‘尽管旁边的教室没有任何声音，也并不奇怪’。第一节在操场上体育课的，应该是一年级的学生吧，他们也被洗脑了，因为他们透过窗户会看到空无一人的教室。这不是开玩笑，那天的那个时间，为了给你们每个人‘解释’，保彦洗脑了一百多个人。

“说到哪了。啊，在说我呢。保彦选择我是有理由的，不光是因为我和他关系最近，还因为我也出现在小说里了，不过不是以酒井茂这个真名。你们可以回忆一下祭典的时候，保彦跟你们说过，回去之前要消除记忆什么的。那家伙想回去也是情有可原的，二十天乘以四十人就是八百天，减掉直接穿越过去的那些晚上，也等于在 1992 年待了近两年时间，肯定会腻的。我就在这里登场了，玩射击和买红豆饼的场景我都在。所以我必须帮他。也就是说，算上第一个人，一共是四十次，我孜孜不倦地把吃的递给你们四十次。而且，为了不让在其他地点的人，发现保彦同时正在跟别人演戏，我还要调整时间和地点。

“保彦是一定需要一个助手的，他需要管理几乎同一时间内四十个人的行动轨迹。比方说，樱井和保彦正在约会，但走到那边的路上，就会看到过去的保彦正在和增田约会。哎？有两个保彦？为什么？一旦发生这种事，就要挨个清除你们的记忆，这样会很麻烦。那个装置，同一个人不能使用太多次。这不是废话吗？就算是未来技术，这样一个劲儿嘭嘭地改变人的记忆，大脑肯定会损伤啊。

“估计有人会想，用不着跟四十个人做同样的事，只要用洗脑装置把那段记忆填进每个人的大脑不就好了吗？就算保彦这么厉害，他也做不到。捏造一段长达二十天的记忆，就凭他那个可携带的洗脑装置是办不到的。再回一趟三百年后也许有别的办法，但刚才也说过了，保彦回不去了。所以，尽管为了避免你们撞见彼此，需要不停调整，很麻烦，但他还是做了四十遍。

调整是由我来完成的。你们还记得吗？ 7 月 4 日早上，听完保彦的解释，你们从他那儿得到一样东西吧，他说是什么未来的物件。女生收到的是戒指，男生是护腕。那其实是一个信号发射器。第一个人好像没有收到，但那个保彦不会遇到其他的保彦所以无所谓了。为了在同一时间轴上，调整你们四十个人的行动，需要掌握你们每个人的位置信息。监控你们的正是我。保彦交给我一个现在看来类似电脑的东西。

‘喂，伊纳现在在那边。右边的话，林在那里，你往左边走。’

‘等一下。细田老师现在过去了。快闪，不然该暴露了。’

“我就是这样通知保彦的。保彦自己没办法做这些，他不能和在同一时空里的过去的自己或是未来的自己讲话。

“出于某个原因，也是为了保险，保彦需要把这个秘密告诉某个人。尽管保彦与四十个人做了相同的事，没错，尽管如此，小说还是有可能不会出版。理由就是这部小说在 1992 年已经存在了。保彦从三百年后带来的小说本身，很有可能就是保彦三百年后发现的那部小说。这也是一个悖论，本来是不可能发生的。但关于这一点，保彦承认发生什么异常都不奇怪。毕竟他可是动真格地穿越了上千次啊。7 月 1 日到 7 月 21 日，在历史的长河中不过一瞬而已，他却在这期间翻来覆去地折腾，所以会发生什么错乱也不足为奇。

“保彦做的最后一件事，就是将事情全权托付给我。就是它，保彦带来的小说。但这不是原件，我只是把文字信息抽出来，输入到了软盘里。我没说过吗？我现在是个写手，就是为了盯着出版界，特别是科幻类的作品，我要确认保彦带来的小说，是否真的会在这个时代出版。我和保彦约定好，如果我死前都没有出版，就由我亲自把软盘里的小说拿去出版。不用那么大费周章，我自费出版都可以，不，哪怕是我亲自做出来一本都可以。小说最后丢失的那部分可以不用写，总之只要把记录了这些文字的纸制载体留存到 1992 年以后的世界上就够了。只要它存在，三百年后保彦就会发现，命运本该如此。

“但是，美雪却写出来了。这部《穿越时空的少女》就是 2311 年保彦发现的小说。但本不该是美雪写的，因为十年前的你没有来，这和故事不一样，故事被复写了。”

大段的说明结束后，阿茂歇了一下，将带来的水喝光，然后环顾我们的脸。

“我刚才讲的，都听明白了吗？”

没有人说话。应该说什么？怎么说？

理解是理解了，保彦所做的一切。

7 月 3 日的相遇、去友惠家那天、庆典的那个晚上、结业式，每一天都有四十个保彦分别和我们四十个人经历了同样的事……

那年夏天，和他并肩走路的记忆、和他一起探寻的意义、和他一起玩耍的价值、和他相视而笑的回忆、和他开心畅聊的体会、和他亲吻的甜美、和他分别的痛苦、和他约好放一部手机，这十年，“仅属于我的故事”，全都……

“阿茂。”

响起一个男生颤抖的声音。那是荒木，头脑仅次于樱井的天才，天性冷静，听说现在在东京一所有名的大学读研究生。他的声音和表情，纠结着愤怒、悲叹与绝望。

“你说的是真的吧？”

“我没办法证明。”

“我知道。可以提问吗？”

“知无不言。”

荒木看了一圈大家。

“我想，可能还有人无法理解，也有人想问问题，现在先让我问。可能我是概括得最完整的。”说着，他面向阿茂的方向。

“阿茂，首先，根据你的解释，你和我们不同，没有经历相同的故事。也就是说十年前的你，没有穿越到十年后，没有来到今年。那么，你应该不会察觉到我们没有穿越。”

“是的，我是最近才发现的。”

“为什么会发现呢？”

“因为美雪成了作家。”

阿茂讲述了在母校门前偶遇我的事。听完之后，荒木歪着头。

“……那又怎样呢？一定会有个人写的啊？那个人就是大槻，不可以吗？”

阿茂长叹一口气，看向女生这边。

“……女生里面，有没有喜欢上保彦的人？至今还对他有留恋的？”

“什么……”铃子反问道，“这有什么关系吗？”

“我是希望你们不要受打击，不过，现在已经受了很大打击了吧。”阿茂又叹了口气。

“接下来我要讲一件怪事。听了美雪的事，我感觉事态有些异常。这种事绝不可能的。但，万一，万一啊，那个时候有人没有那么做的话，或许会变成这样。现在这个世界，也许正处于这个可能的世界线里……我自己这么说也许有点可笑，但我以为复写什么的是开玩笑的，但是，万一……”

“你这家伙在说什么啊？”荒木问道。

“荒木……你去开门看看。”

阿茂的下巴朝包厢的门口努了努下巴。荒木露出难以理解的表情。

“什么？”

“那扇门应该打不开的。”

“哈？”

“这里已经不是地球了。”

“喂喂……”

“你脑子没事吧？”

“你前面的话我理解了，但现在这个是什么意思啊？”

男生们面面相觑，目瞪口呆。阿茂认真地说道：

“……我没开玩笑。我选在卡拉OK，就是不希望店员听到我们的对话。但现在看来，这个选择恐怕有点糟糕。”

“所以说是什么……”

“荒木，你没发觉吗？这个世界本来是不存在的。”

接着，阿茂看向我，用一种难以置信的眼神。

“尤其是你，美雪，你本来不该是这样的。”

“究竟怎么回事？”

“喂……”荒木忽然发出低沉的声音，“喂，难道……诶……啊？但那是不可能的吧？”

“是的，不可能的。”

“所以到底是什么事啊！”

我受不了了，喊出声来。阿茂严肃地看着我。

“就是你啊。”

“我怎么了！”

“你就是第一个人。”

“——”

呼吸停止了。

与此同时，我感觉到所有人的敌意、嫉妒与羡慕。

第一个人是我。

也就是说我才是“真正”的。

但如果是这样……

“正因为你没有写出来，保彦才回不到未来，但你居然写出来了。美雪，告诉我，你为什么会写出《穿越时空的少女》？”

10

1992年⑤

REWRITE BY HARUKA HOJO

“你们也终将会分别的。”保彦说，“升学、工作，然后分开。这不是你们所希望的，但为了成长为大人，你们都要去到自己该去的地方。”

他打开盒子，薰衣草的香气瞬间充满了整个教室，芳香四溢。

分别的香气。不，是相遇的香气。

“我也会长大的，并将这个时代获得的东西珍藏在心里。所以……”

啊，他没有。

他没有说出我的名字，估计是不记得吧。

也难怪，我既不起眼，也不开朗，性格阴暗，长得又不好看。

我没有班长樱井唯飒爽的神情，没有长谷川敦子那样惹人怜爱的面庞。也没有增田亚由美那样泼辣的性格，也没有美雪那样的才华。

成为小说家的才华。

虽然笔名是我的，但一看文风就知道，作者不是我。除了我之外，只有她知道“高峰文子”这个名字。于是，我说出了口。

“美雪。”

他瞬间恍惚了一下，移开了视线。

“你就这样走掉，什么都不跟美雪说？我们三个人还一起找过小说的。”

“……不。”

啊，这个反应。

“毕竟，知道我是未来人的只有你啊。”

穿越三百年时空的大骗子说道。

“我没法和她解释，我没有家，就算说我搬走了，她也不会接受吧。”

“用那个机器给她洗脑不就好了？”

“……用太多次的话，不太好，会影响大脑的。”

“哦……”骗子。“那只有我一个人知道‘真相’咯？”

“嗯，是的，只有你。”

骗子。

骗子。

骗子。

但无所谓。我从心底爱着这个骗子。

所以，我会把它变成真的，把你的谎言变成真话。

对，就是字面意思，我来把它变成“真的”……

我思考过要用什么方法。这二十天以来，我每天都在想，怎样才能把他留在这个时代，几乎想破脑袋。

时彦……不，保彦向我靠近，我清楚他要做什么。

（……竟然要亲吻这么丑陋的我）

我在心中自嘲道。

（但是没办法，“小说”里面有这个场景）

但是啊，我的时彦，对于女生来说，初吻的价值是无法替代的啊。

可你却对班上的二十个女孩子……不过，其中也可能有不是初吻的，那也是强行亲了她们，你不会以为就这样轻易放过你吧？

他的嘴唇渐渐靠近。如果我的预想正确，此刻在旁边的教室，保彦正在对某个人做同样的事。我岂能被他掌控，直到这座旧校舍崩塌呢。

亲吻的同时，我的内心却充满了憎恶。

（……说出美雪名字的时候，若是你没有恍惚……）

不要小看少女的恋慕之心。仅仅是移开视线这个小小的动作，我就明白她是第一个人了。

是美雪，只有跟美雪的故事是“真的”。

这意味着美雪不是作者。否则，他就没必要……把这段故事强加到班上所有人身上。

也就是说，他想带回未来的，不想失去的，只是和“第一个人”——美雪的那段记忆。

我们对他而言都是无所谓的。他不想忘记的，只有和美雪的故事。

（但是，只有美雪知道我的笔名……不是美雪写的？）

矛盾了，陷入悖论了。我的想法一瞬间有些动摇。

（……原来如此，作者是我啊。《穿越时空的少女》的作者是我啊）

他的嘴唇离开了。

（这样一来，保彦很容易就是我的了。如果我没写，保彦就不会来到这个时代……等等，书被出版了，那写书的人……）

啊，我恍然大悟。

我懂了，笔名相同也可能是个巧合。但写书的人一定是班上的某个同学，这一点不会有错。那么……只要杀掉有可能写出小说的人，保彦就只能停留在这个时代了。既然小说有可能是我写的，那他甚至还不能杀我。

我露出了微笑，像是回味刚刚的吻。没问题，我可以做到。

（绝不让保彦回去……并且，将他据为己有的办法……）

不过，那是未来要做的事，眼下，我应该做的是不按故事的发展去做。

旧校舍开始摇晃。

“友惠，总有一天，你也会选择自己的未来的。”

我当然会选择我的未来，而且要选择有你的未来。

所以，快点给我吧。

改变未来的能力。

伴随一阵巨响，飘来了薰衣草的香气。

终章

1992 年复写前后——

“累惨我了。”

不小心脱口而出了。我从没有在这个朋友面前说过这句话，我担心说出口，会使他不安。

但我的这个朋友——在三百年前的世界交到的新朋友，也是我的老朋友酒井茂，只是温柔地微笑着。

“那是肯定的啊。换算成天数，你停留了将近两年啊。对我来说只是二十天而已，对你来说是好多倍啊，累是肯定会累的。”

他体贴地拍拍我的肩。

“不过，已经结束了。”

“嗯。”

我点点头，俯瞰着夜晚的小镇。

我们在 N 中学的楼顶上，时间是 1992 年 7 月 21 日。除我之外的另三十九个自己，刚刚和班上的三十九个同学，以及细田老师，演完了分别的场景。与女生亲吻，与男生握手，以这样不可思议的方式画下了句号。其中，那个“最初的自己”和她分开后，因为回不去未来而十分焦急，吃了药又回到了旧校舍。

夜晚的风包裹着我们，我不由得打了个激灵。我不会忘记这新鲜的风。虽然有点臭，却有着我所在的时代体会不到的自然的力量。这是夏天的风与气味。

我不会忘记。

“阿茂……”我对身边的朋友说，“到最后了，我想告诉你。其实我本来不想说的，万一……”

“万一有人说出了这个秘密？”聪明的朋友回答道，“我知道，你不是怀疑班上那些人。但是人嘛，总会有不小心说漏嘴的时候。毕竟自己的经历和小说一模一样，将来被谁看到了，难免会起疑。”

“嗯，但是责任不在作者。”

“对啊，所以你才把一切都告诉我了，不是吗？”

“是的，当时我想必须要有这么一个人。”

我需要一个知道事情经过的人帮我。如阿茂所言，我并非在怀疑谁。只是，要是有人说漏了嘴，暴露了我是未来人的事，其他同学听到以后会纳闷的。他们会想为什么？这件事不是只有我知道吗？我不希望他们混乱，不希望他们怀疑自己，所以，我需要一个了解所有内幕的人，请他有一天讲出真相。

“我为你作证，放心吧，去做你最后该做的事吧。”

“好。”

我启动保护屏障，飘浮起来。飞到阿茂的头顶上方，说道：

“那，阿茂，真的……”

“好了，你快去吧。那本小说，我会保管好的。”

“……你真的很可靠。”我笑了，“没法回报你，我心里很不是滋味。”

“回报的话，那你告诉我一件事吧。”

“什么事？”

“那个绝不可能写出小说的，第一个人究竟是谁？”

我一下子羞涩不已。

“……怪不好意思的。第一个人，真的只是按照我的喜好选的。”

“告诉我呗。”

“告诉你，我喜欢的类型？告诉你，我喜欢的是谁？”

“对啊！”阿茂坏笑着说，“反正你都要走了。我跟你说，在这个时代，这就是所谓的‘青春’啊。”

“没办法。”我苦笑道，“……是美雪。”

“美雪？大槻啊。哦……”

“怎么了？她不可爱吗？”

“不，我的意思是……所以你选择那个人做第四十个啊。”

“她啊？嗯，算是吧，虽说是演戏……但不想搞得像三角关系一样。”

“原来如此。真是不可思议啊。要说到谁会成为小说家，咱们班也就只有那个人了，我还想，为什么要最后和那个人告别呢，原来因为第一个人是大槻啊。毕竟咱们班只有大槻和她关系比较好啊。”

“嗯，差不多就是这么回事。”

“嗯……”阿茂抱起胳膊，“……保重啊。”

“你也是。”

“不要忘了我们。”

“绝对不会。”我用力地说道，“忘了什么，也不会忘记你们的。”

我将胳膊伸向阿茂，与他握手。这是约定的握手。

接着，我飞走了，飞到最后一个人，她的身边。

“——再见！”她喊道，“还会再见的吧！”

我一言不发。

“一定，在某时，某地……”

我默默无语。

“在未来再见……”

我轻轻地笑了。

留下笑容后，我的身影消失了。

……事情本应如此发展的。按我和美雪的故事脉络的话。

但是，我回不去了。

她乖僻地笑着，看着我。

“……你？”我不假思索地问道。

“原来是这样……”她缓缓地说道，“本来，故事是要在这里结束的啊。但是，保彦，不可以哦，你和我的故事不会结束，倒不如说，由于未来的我会复写这一切，我们的故事才刚要开始呢。”

“你说什么……”

不错，她很危险。之前，不知为何，她知道了她本不可能知道的事情，每次跑出来干扰我和阿茂。所以我不得不消除了她的记忆，对她用了好几次洗脑装置。

所以她才会这样？这个令人毛骨悚然的笑容意味着什么？她的大脑出现了什么异常吗？

我感到一股不具名的恐怖。

“你在说什么……”

“告诉你吧，保彦。”

说着，她从身后拿出一样东西，那是一本单行本的书。

“那是……”

“这是你在找的小说哦，题目是《穿越时空的少女》，作者是高峰文子，也就是我。”

“是你？的确有可能，但是……”

“准确地说，是未来的我写的小说。高峰文子是我的笔名。”

“未来的……你……”

什么意思？为什么她会知道？

“呐，保彦，你真的以为，你能办得到吗？”

“办得到什么……”

“那可是四十个人啊，而且都是处于青春期的中学生，每个人的想法和兴趣都是五花八门的。引导四十个人采取同样的行动。你也太瞧不起这个时代的人了吧？”

“不是的，我……”

“你没想过，至少会有那么一个人吗？”

“什么？”

“你没想过，至少会有一个人把药片留着不用吗。”

“你……”

难道。

她说的也没错。

旧校舍坍塌后，她没有去十年后。不仅如此，她留下了这颗药，在若干年后她得知了这本小说的出版。

然后，吃下药片……

“难道，未来的你……”

“没错。”她微笑道，“保彦，你会成为我的丈夫，而我将会是园田友惠。”

2002年复写中——

“如果那时，有人没有吃下药片，而是把药留下来了呢？”

阿茂说道。

房间里又是一阵冰冻般的沉默。

“那个人没有吃药，把它藏了起来，为了以后服用。然后，那个人在这个时代发现了《穿越时空的少女》，吃下药片，穿越到十年前，把这部小说放在自己的房间里。”

“什么？”

什么意思？

这种事……

“十年前，那个人读了《穿越时空的少女》，一定大为震惊，但也渐渐地搞清楚状况了。那个人明白了园田就是书中的转校生，他就是那个未来人，自己与保彦的回忆和书中的情节完全重合。”

“这是……什么意思？”荒木说。

“只要知道这个故事，就能推测出保彦的目的，进而威胁他。”

“什么？”

“只要那个人威胁保彦说会杀掉有可能写出小说的同学就可以了。樱井在报社工作，想成为记者。长谷川想当编剧。增田想做小说家。只要杀掉她们，《穿越时空的少女》这本书被出版的可能性就会大大降低。这对保彦来说也是一种威胁。如果《穿越时空的少女》不被出版，保彦就会被三百年后没能发现小说的保彦所覆盖了。”

“等等！”响起了其他同学的声音，“那，那你是说，杀害樱井和长谷川的凶手就是咱们班的……就在我们之中吗？”

“没错。”阿茂点头称是。“并且，那个人会在听完我说的话之后就会穿越回十年前。”

不知什么地方发出簌簌的声音。

仿佛时空扭曲发出的声音。

“……我说过吧，这里可能已经不是地球了。你们可以打开门看看，就算这个房间外面什么都不存在了，我也不会惊讶。现在这个瞬间，我能够做出这样的‘判断’本身就不合常理。我们已经陷入错乱的时空里面，因为，如果我不讲接下来的话，过去的改变将不复成立。”

“你在说什么……”

“你们没有看毕业相册吗！”

阿茂大吼道。同学们的表情顷刻充满恐惧。

对了……那本相册！里面有拍到保彦的照片！

“那本不该出现的！保彦已经回去了，但他却出现在照片里！也就是说，我们已经身处悖论之中了！我们正处于本就不存在的世界当中，我正在被某种力量强迫说着这些……”

阿茂他——

捂住了嘴，紧接着扼住自己的喉咙，像是要掐死自己一般。

“喂，喂……”

“阿茂，你在干什么！”

“我无法停止说话是因为我必须让那个人听到我说的话，让那个人回到过去威胁保彦，所以我才要召集同学会。”

情势变得十分诡异。阿茂的眼中甚至浮现出泪光。

“过去无法改变。保彦出现在照片上，意味着保彦没能回到未来。为了不让保彦回到未来，该怎么做呢？只要那个人听了我刚才说的话，把手上的那本《穿越时空的少女》放回到过去就可以了。这样就能威胁保彦留在那个时代，因为那个人掌握的那本《穿越时空的少女》可能是保彦发现的小说。既然有这个可能，进而既然那个人有可能自己就是作者、或已经复制了一份，保彦自然是束手无策的，也不能杀掉那个人啊！”

阿茂呼哧呼哧地喘着粗气。这样机关枪一样的说话方式，喉咙一定很痛吧。

但是时空的强制力无法停止“催促”他。让他停不下来才是对的，才是命运。

听完这番话，“那个人”如果不“采取行动”的话，十年前的我们就将穿越到2002年7月21日。要是我们穿越了，保彦就会回去，“我们”也将从这里消失，不会来参加同学会。“我们”聚在这里的原因是“恐惧”，是因为十年前的我们“没有来”。为了让那时的我们不会穿越到现在，我们才会聚在这里。也就是说我们来到这里……

“保彦能做的只有查出《穿越时空的少女》的作者高峰文子的住址和电话号码，所以他打电话给美雪的出版社，甚至去跟踪。也就是说虽然他留在了这个时代，但故事还没有复写，所以他无法来到这里，无法来到这个时空，那个人还没有吃下药片，所以保彦能做的只有提醒下一个有可能写出小说的人，防止其成为那个人的目标，所以提醒增田的人是保彦，杀人凶手就是那个人……”

阿茂不停地讲着，为了让“那个人”触发悖论。

“樱井和长谷川没有走上和室井一样的道路，原因就在于此。也就是说，过去没有改变，时空没有错乱。但是，如果复写没有发生，保彦是不可能出现在那些照片里的。因此，现在这里不是错乱，而是发生了复写。现在我们能做出这样的判断……现在发生了我们做出判断的现象，时空错乱了。”

空气中有薰衣草的气味。

“十年前的你们没有穿越来，是因为过去被篡改了。那个人威胁保彦回到过去，改变了你们所有人的记忆，因为那个人希望这段记忆只属于他们两个人，因为那个人想这样做，因为必须要这样。当然这也是悖论。这种事应该是不可能的。因为我们的记忆原封未动，但是，如果我没有这段记忆，我就说不出刚才那些话；如果我不说那些话，那个人就想不到这个法子；如果想不到这个法子，那个人就无法去实施。所以我才要在这里说这些话，好让那个人去实施。”

阿茂一头栽在地上，面部因为充血而红肿，快死掉一般痛苦地喘着气，但他还在继续讲着。

“我们什么都做不了，我们不能阻止那个人。这是因为十年前的我们没有穿越过来。换言之，是因为保彦被拍进了照片，是因为不这样的话就糟了——此刻故事正在改写，这里不是地球，也不是日本，而是在一个扭曲的时空里。这里只有没有思想的我和你，以及那个人。自我失去了意义。因为我们的记忆是相同的，我们只是重复了同一段记忆，这是必然。保彦就是为此才那么做的，区别是没意义的，判断也没有意义，但是我们能做出判断。这是因为我们正处在悖论中，处在故事复写的过程中……

“——故事必须被复写，因为，这个世界已经被复写了。”

“——是这样啊。”

相当低沉的声音。

以及一阵薰衣草的香气。

“我并不是成了园田友惠——”

薰衣草的香气。

“——而是从现在开始被复写成‘园田友惠’啊。”

“——果然是你！”

阿茂大喊。友惠听到喊声，伸出舌头，像做鬼脸一般。

她的舌尖有一颗紫色药片。

改变过去的能力。薰衣草的香气。

她右手拿着《穿越时空的少女》。

“友——”

我大叫。

（——是的，我那……）

我那身为“作者”的自尊迫使我叫出了声。

（我之所以会写出《穿越时空的少女》是因为那年夏天，在友惠的房间读过了《穿越时空的少女》——）

薰衣草的香气。

“永别了。”

等……

图书在版编目（CIP）数据

复写 /（日）法条遥著 ；林南一译 . —
北京：文化发展出版社，2020.10
书名原文：リライト
ISBN 978-7-5142-3128-1

Ⅰ . ①复… Ⅱ . ①法… ②林… Ⅲ . ①幻想小说－日
本－现代 Ⅳ . ① I313.45

中国版本图书馆 CIP 数据核字 (2020) 第 179337 号

版权合同登记号 图字：01-2020-5735

复写

[日] 法条遥 / 著
林南一 / 译

出 版 人：武 赫　　责任编辑：周 蕾
责任校对：岳智勇　　责任设计：郭 阳
责任印制：杨 骏　　特约编辑：张录宁

出版发行：文化发展出版社（北京市翠微路 2 号 邮编：100036）
网　　址：www.wenhuafazhan.com
经　　销：各地新华书店
印　　刷：嘉业印刷（天津）有限公司
开　　本：880 毫米 ×1230 毫米 1/32
字　　数：159 千字
印　　张：6.75
印　　次：2020 年 12 月第 1 版　　2020 年 12 月第 1 次印刷
定　　价：48.00 元
I S B N ：978-7-5142-3128-1

◆ 如发现任何质量问题，请与我社发行部联系，发行部电话：010-88275710